里亞德錄大地

WORLD OF LEADALE

3

【著】Ceez

【插畫】てんまそ

Kadokawa Fantastic Novels

WORLD OF LEADALE **CONTENTS**

前情提要

各務桂菜的維生裝置因為停電出現異常，導致她在ＶＲＭＭＯ里亞德錄遊戲中喪命。

當她再次睜開眼睛時，竟身處陌生的旅店房間裡。

接著她發現自己現在的模樣是遊戲中的虛擬角色。

從旅店老闆娘瑪雷路口中得知，過去遊戲時代的七個國家全部滅亡，現在這塊大地由重新建立的三個國家統治，桂菜嚇得啞口無言。

且從這裡推理出桂菜現在身處遊戲時代的兩百年後。

她抱著「要以遊戲角色葵娜這個身分活下去」的模糊想法，摸索對村莊做出貢獻、在這個世界活下去的道路。

接著，她在村莊附近的森林發現身為技能大師的自己所管理的樓塔。

從樓塔守護者口中得知，現在其他樓塔全因魔力不足而處於休止狀態，造訪這些樓塔或許可從守護者口中得到消失玩家的消息，葵娜於是決定展開尋找樓塔的旅程。

葵娜認識了率領商隊的犬人族艾利涅與護衛商隊的傭兵團長阿比塔，在學習這世界的常識同時，與商隊同行前往名為費爾斯凱洛的王都。

到冒險者公會登錄時接下捉捕逃家王子的工作，認識了宰相阿蓋得與他的孫女倫蒂。葵娜也與過去在遊戲時代創角送出去當養子的備用角色重逢。她和備用角色們是母子與母女的關係。

她的孩子們是不知為何當上國家第三把交椅的精靈族美男子——大司祭斯卡魯格、擔任國立學院學院長的已婚精靈族美女——梅梅，以及擁有巨大造船廠廠長頭銜的矮人族養子，也是三兄妹中最有一般常識的卡達茲。

既沒談過戀愛也沒結過婚的葵娜面對突然冒出來的兒子和女兒，感到相當不知所措。就在此時得知王都裡的競技場就是技能大師No.9的樓塔，也成功喚醒樓塔。至此經歷一番曲折後，葵娜從守護者口中知道了里亞德錄已經終止服務。

葵娜了解幾乎不可能遇見其他玩家，鬧情緒地躲進自己的結界中，但在孩子們的鼓舞下又再次振作，往前邁進。

葵娜接受艾利涅委託，護衛商隊到北邊國家黑魯修沛盧的途中，解決了邊境村莊井底會傳出奇怪呻吟的怪異事件。

凶手就是不知從哪裡的海底被捲入神祕事故而來到這裡的人魚少女蜜咪麗。

葵娜將她在村莊裡建造的公眾澡堂加以改造，整頓成蜜咪麗得以生活的環境後，把解決事件的酬勞拿來當作蜜咪麗的食宿費用。

商隊靠著葵娜的蠻力橫越橋垮了的艾吉得大河，在國境遭遇從西邊流竄而來的盜賊攻擊。借助葵娜事前因其他原因召喚出的召喚獸，擊退盜賊。

而盜賊首領在葵娜的魔法攻擊下，化作碎冰粉碎了。

進入黑魯修沛盧的葵娜替女兒梅梅送信給橫跨大陸的大商會「堺屋」的創立者凱利克，在那裡得知了超級衝擊的事實。

凱利克竟然是梅梅和前夫所生的兒子，也就是葵娜的孫子。不僅如此，凱利克也有兒子，葵娜就在不知不覺間連曾孫都有了。

孫子和外祖母的關係因為一點小誤會出現嫌隙，之後隸屬騎士團的騎士——凱利克的雙胞胎姊姊凱利娜來向葵娜謝罪，讓葵娜更加不知所措。

只不過，葵娜得知自己尋找的疑似守護者之塔的建築就在大陸西側肆虐的盜賊勢力範圍內，便借助凱利克的力量，做好要上門踢館的準備。

葵娜還把凱利娜拖下水，強行闖進盜賊勢力範圍，此時知道了統帥盜賊的是個魔人族玩家。

魔人族玩家極度自我中心的思想和旁若無人的舉止激怒葵娜，葵娜於是向他宣戰。

魔人族玩家當然不可能贏過無所不知的技能大師，就在他人頭落地前一刻，黑魯修沛盧騎士團連忙介入逮捕了他。

擁有媲美遊戲管理者權限的葵娜利用特殊能力，將魔人族玩家的能力值壓至原本的十分之一，魔人族玩家怨恨咆嘯著被騎士團帶走。

前情提要

葵娜啟動了目標守護者之塔後，得知這是過去的損友奧普歌德修特荷馬．庫洛斯泰德彭巴——簡稱奧普斯的樓塔。

奧普斯託付守護者轉交給葵娜的書中出現了小妖精，小妖精在那之後與葵娜形影不離。葵娜打算把擊退盜賊得到的酬勞，以及艾利涅銷售佛像得到的分利投資到蜜咪麗身上。回到邊境村莊的葵娜看見蜜咪麗在經營由莉朵提議的洗衣業。

葵娜回到費爾斯凱洛後，從冒險者公會接下高級餐廳尋找熊肉的委託。

接著不知為何接下了恰巧在路上碰見的倫蒂和她朋友——公主梅伊的護衛工作，讓她們一同前往完成委託。

同一時間在費爾斯凱洛，醉心於葵娜【古代技法】(技能)的梅梅的丈夫羅伯斯，把禁忌的失敗作品倒進遊戲時代戰爭時出現的爭奪點，結果召喚出一隻巨大的海豚頭企鵝怪獸。

前來對抗企鵝怪獸的是騎士團長——龍人族的閃靈賽巴，以及冒險者孔拉爾。這兩個人其實是遊戲時代同一個公會的玩家。

在兩個玩家與騎士團、魔法師團的努力下，好不容易絆住怪獸的腳步。就在此時，葵娜用大型魔法給了怪獸最後一擊。

出其不意邂逅兩位玩家，讓葵娜燃起「損友說不定也在遊戲中」的小小期待。

還順便得到可以去哪裡找下一個樓塔的消息。一次得到兩個好消息的葵娜相當開心。

先回邊境村莊一趟的葵娜得知南邊的歐泰羅克斯國派遣調查團前來村莊。

只不過，調查團只是掩人耳目，跟著調查團一起前來村莊的歐泰羅克斯國暗衛是來邀請葵娜到他們國家。

這個國家的女王名叫薩哈拉謝德，是葵娜遊戲時代的高等精靈族同伴，和葵娜設定為姊妹關係的薩哈娜送給系統商的養子。

突然多出一個女王阿姨的身分，葵娜感到更加不知所措。

認識的人全是身負國家要職的人物，讓葵娜不禁想抱怨她到底是被什麼詛咒了。

感到精神極度疲憊的葵娜和莉朵約好，等她尋找守護者之塔告一個段落，就要帶莉朵飛上天遊覽。

序章

里亞德錄這塊大陸三面靠海。

東側有一整片可說是唯一阻礙人類侵略的險峻山脈。

從沒有人見過山脈那一頭的景象，也從沒聽過有人越過山脈。

有一派學者認為山脈那頭是遠比里亞德錄遼闊的大國，自己所處的這塊大地不過是大陸上的一塊半島。

但從沒有人親眼見過，這種說法也只被當成妄想一笑置之。

根據資料紀錄，過去曾有幾個人試圖前往橫越東側山脈。

但前去挑戰的人都一去不回，理所當然，想執行這前途不明計畫的人數也變少了。

山脈中居住的全是棘手的魔獸，也有許多援助者說一去不回的挑戰者是被魔獸們吃掉了而放棄。

或許有幸運者順利抵達另一頭。

之所以沒有回來，是因為路途太過險峻，或者是另一側的生活令人滿意吧。

就在無法解開真相的情況下，人們對山脈近乎絕望的畏懼不斷擴大。

而源自山脈的艾吉得大河橫越大陸支持人們的生活。

受惠最多的是費爾斯凱洛和歐泰羅克斯國民，除了水產資源外，還能成為交通、貿易的重要據點，從中得到難以計數的好處。

一部分與大河匯流的支流也與以黑魯修沛盧高台為水源的湖泊相連結，所以水路運輸也可連接黑魯修沛盧。

但海洋資源與相關發展還相當落後。

說起來，雖然黑魯修沛盧大部分國土與北側海洋相連，但可稱為海邊的地點幾乎都是斷崖絕壁。

盡是只有山羊才有辦法靈巧來回的峭壁，完全阻礙人類入侵。

頂多偶爾會有不知死活接下拾取魔鳥蛋工作的冒險者靠近。

就算是這些人，平安完成工作的機率大概也就五成。

歐泰羅克斯和黑魯修沛盧相反，西南邊鄰接沿岸水淺遼闊的沙岸。

主要由森林構成的國土，連海岸線都被樹木占據。

占據海岸沿線的是類似紅樹林的植物。

地球上的紅樹林是生長在亞熱帶地區潮間帶的森林，但里亞德錄大地上類似紅樹林的植物與地球上的完全不同，管它淡水、海水，皆能肆無忌憚蔓延。

因此有許多把樹根當藏身處或巢穴的小魚，也有許多把小魚當食物的獵食者聚集。

最後連獵捕獵食者的魔獸都聚集而來，成為一般人難以靠近的危險地區。

雖然不像遊戲時代那樣只要走出城市就是魔獸昂首闊步的大平原，但這些地區對這個世界的居民來說是相當具威脅性的區域。

南北兩國的海岸線是這種嚴峻的狀態，所以可以好好從事漁業的只有費爾斯凱洛的西海岸全境與黑魯修沛盧南側的部分區域。

而這些少數區域的漁村現在正遭受某種不幸現象攻擊。

一開始，霧氣籠罩漁村。

漁村早晨開始活動的時間很早。

太陽還沒升起就起床活動的村民們被這片霧嚇了一大跳。

就長年生活在海邊的經驗來看，這個季節、風和溫度都不可能引起這種大霧。

感到不解的村民們聚集起來商量後決定採取行動，就在此時——

原本還能勉強看見整個村莊的薄霧，下一秒變成濃霧。

漁夫連同伴近在身邊的臉也看不清楚，這預料外的事情讓他們陷入混亂。

他們驚聲尖叫，轉身各自逃回自己家中。

這時也發生了同伴互相碰撞彈飛，或是驚惶失措跑進別人家的狀況，但也好不容易回到自己家中。

在家的妻子和孩子一臉困惑地迎接臉色大變跑回家的漁夫。

家人們看見漁夫跌跌撞撞急忙關上門窗，臉上露出僵硬的表情，這才知道在村莊裡蔓延的不對勁。

◆

這場濃霧發生幾天後才被外界的人發現。

來往漁村與王都的商人來村莊想要進魚乾等貨品。

商人踏入村莊的瞬間，對村莊裡異常安靜感到不對勁。

他看見村莊每戶人家門戶大開，得知這裡發生了什麼不對勁的事情。

他戰戰兢兢地在村裡四處查看，發現村莊裡空無一人。

而且看見無數慌亂踩踏的足跡從每個村民的家中一路延伸到海岸邊。

但足跡到海浪打上岸邊的地方便斷了，前方也沒看見任何一個村民的身影。

國家接著又花上幾天時間才知道這件事，在冒險者採取行動時，得知更南方的漁村也發生了同樣的事情。

第一章 系統、騎士團、誤會和霧

在瑪雷路的旅店養精蓄銳的葵娜隔天早晨從邊境村莊飛到費爾斯凱洛。

從東門進入王都，邊哼歌邊散步前往西門。

葵娜內心都是在邊境村莊蓋自己的房子「要過怎樣的生活呢～～」這種雀躍的心情。

要蓋自己的家就需要日常用品，所以她還順便到市場去逛了賣家具與餐具的店家。

妖精妹妹大概也對小東西產生興趣，飛離葵娜肩頭，跑去看木杯等東西。

不小心過於專注挑選物品，就在她快要忘記原本的要事時，腦袋響起奇奇的警告：

『葵娜！妳有事情要先處理才行。』

「哎呀，真是好險好險，不管怎樣，得先找到龍宮城……」

離開市場往西門前進途中會經過冒險者公會。

正好遇到從公會走出來的「凱旋鎧甲」成員。

「嗨，葵娜。」

「早安。」

孔拉爾舉手致意，葵娜朝他輕輕點頭。

接著也和其他四人打招呼後，孔拉爾拜託同伴們先走一步。

「我們在城門那裡等你喔。」

「你可別花太多時間啊，孔拉爾。」

「我知道啦，馬上結束。」

孔拉爾的同伴拋下在葵娜面前站定的他，朝東門走去。

孔拉爾說著「會擋到別人的路」把葵娜往路旁拉。

「找我有什麼事？」

「啊，我有點事情想問妳，關於系統的事。」

「系統，你是說遊戲系統嗎？」

「對，我有件事很在意。」

聽他這樣一說，葵娜也想起自己在邊境村莊醒來那天確認後，就再也沒理會狀態與技能以外的東西了。

「……啊。」

「『啊』是怎樣，說什麼『啊』。看妳的樣子，妳完全沒注意到那方面的事對吧。」

「嗯，這個嘛，哎呀～～哈哈哈。」

葵娜試著乾笑蒙混過去，但在孔拉爾認真的視線攻擊下，也老實道歉：「我忘記了，對不起。」

孔拉爾想說的遊戲系統，就是狀態、技能、道具箱功能以外，有點方便的附屬品。

但要先說，有幾個功能絲毫沒有反應。

例如「登出」這個功能本身完全消失了。

例如「公會聊天室」——只要是同一個公會的成員，隨時隨地都能對話的功能。

別說是公會成員了，聽說連接兩者中繼點的公會大廳也不見的現在，也變成毫無用武之地的功能。

「我在意的是朋友列表。」

「朋友列表？」

葵娜也從狀態畫面中打開登錄好友名單一覽表，最上面顯示白字的只有孔拉爾和閃靈賽巴兩人，其他全部都是灰字。

遊戲時代，顯示為灰色的名字代表玩家不在遊戲當中，白色則代表玩家上線中。

別說是過去的公會成員，連葵娜懷疑可能「就在」遊戲世界的奧普斯在一覽表中也呈現灰色，感到失望的同時也只能嘆氣了。

「我不是不懂妳感傷的心情啦，但關於這個，我發現了一件事。」

「嗯。」

「我的一覽表裡本來就有閃靈賽巴的名字，但在前幾天重逢之前，他的名字一直都是灰色。從這點來思考，或許只要見到面就能顯示在朋友一覽表上了。」

「見到面啊……」

葵娜登錄的朋友人數並不多。

公會成員加上其他十三位技能大師，還有高等精靈族群組的朋友等人而已。

其中一位技能大師早已離開遊戲，所以無庸置疑他的名字永遠都只會是灰色。

「然後啊，還有一個我不記得見過的人也在好友一覽表上變成白色了。」

「我有點聽不懂你的意思耶。」

「嗯～～我也嚇了一跳，傳送訊息後才確定，對方也嚇了一大跳。」

如果是公會成員那樣一群人就可以使用聊天室功能，而個人朋友之間也能用短訊聯絡。

這部分似乎和遊戲時代相同。

「老實說，雖然我們見過面，但我和他都變老很多，所以只是沒認出彼此而已。」

「嗯～～？也就是說，你說你在這邊已經過了十年左右，但你的朋友變得比你更老的意思嗎？」

「沒錯，該怎麼說呢，他已經變成一個相當有威嚴的大叔了啊。變成那樣最好是認得出來啦！」

看見孔拉爾憤慨地緊緊握拳，葵娜也只能回以乾笑。

大概是原以為是小弟的人現在變得比他還要年長。

只要放著不管，高等精靈族的葵娜肯定也會目送孔拉爾和閃靈賽巴離世吧。

但此時此刻的葵娜還沒有想得那麼遠。

「問題在於我們見面是約兩年前的事，朋友一覽表卻是最近才出現變化。沒錯，就是遇到妳之後。」

「……什麼？所以你懷疑那和我有什麼關係嗎？」

「因為妳是突破極限者，有遊戲管理者權限的技能大師啊。」

「就算這樣，我也沒有得以干涉遊戲系統的特典能力啦！就連遊戲管理者權限也只有在給人套上項圈時有用啊。」

實際上，營運里亞德錄遊戲的是叔叔的公司，但他可沒有替只是個單純玩家的葵娜開通特殊權限。

如果真的替葵娜開通那種東西，她也會嚴正拒絕。

「咦？……但是，嗯～～？」

說到集結叔叔公司的技術製作出來的東西，葵娜倒是想到了一個。

「奇奇知道什麼嗎？」

『不，完全沒有。』

但奇奇本人似乎也毫無頭緒。

這樣根本就被白白懷疑了，但沒有實質傷害也就算了。

除此之外，說起遇見孔拉爾兩人之前的變化，就只有妖精妹妹，不過看見她躲在葵娜頭髮裡不想看見孔拉爾的模樣，這個想法也隨之消失了。

「總而言之，我沒有任何頭緒啦！」

「是這～～樣嗎？我覺得絕對是妳最可疑耶。」

發現孔拉爾仍懷疑地看過來，葵娜舉起手喊著「去、去」趕他離開。

「別說這個了，你的同伴們在等你耶，快去、快去。」

要是拖拖拉拉太久，（葵娜單方面）預定一起同行的騎士團可能會先走，所以葵娜也背對孔拉爾離開。

孔拉爾大概還沒放棄，朝葵娜的背影大喊「妳要是知道什麼要跟我說喔～～」後才去找他的同伴。

「這件事情有必要那麼執著嗎？」

『他所執著的方向，大概是葵娜無法理解的東西吧。』

「確實如此，那或許是連朋友一覽表的存在都忘掉的我無法理解的執著。」

葵娜自嘲一笑後，往西門前進。

走到西門附近，立刻知道氣氛比往常更嘈雜的原因了。

因為西門內外聚集了大量人潮。

西門外還停放了許多馬車。

照顧馬匹的人四處奔跑，應該是僱主的商人面帶別有深意的表情談笑著。

西門內則是許多眼裡充滿期待的孩子。

當然也有不少成人，但一大清早的這個時段，一般市民沒這麼閒。

人們看著大馬路的那一頭，似乎迫不及待看見騎士團經過。

「為什麼？」

「當然是因為這麼一大群騎士集體外出很罕見啊！這可是我們少數的娛樂呢。」

大概是覺得不可思議地歪過頭的葵娜是稀有動物，葵娜提問後，大嬸好笑地笑了。

順帶一提，門外的馬車似乎是好幾個商隊的集結。

接下來是來自城門守衛士兵的資訊。

「我也不想說得太誇張啦，但他們就是想把騎士團當成護衛，寄生在騎士團身上的無禮傢伙啦。他們打著要是中途遇到盜賊或魔獸，騎士團如果不出手幫他們，他們就要散播醜聞的主意吧。就是想多少節省護衛費用的一群爛人啦。」

士兵恨恨地說道。看他這副模樣，這群人大概重複好幾次相同行為了吧。

遊戲中也常見弱者攀附強大集團，所以葵娜反而感到佩服：「就算世界不同，寄生蟲仍然不會絕種呢。」

而葵娜雖然說不上「寄生」，也是沒經過人家同意就想隨行，所以她的心情有點消沉。

為了避免被當成同夥，葵娜在西門外與商隊保持距離等待，到了早上九點終於聽見聲音了。

這個世界沒有明確的時鐘，葵娜是仰賴狀態畫面上顯示的時間。

「哎呀呀，終於來了啊。」

關上拿來消磨時間的狀態畫面，葵娜離開城牆。

往城門裡窺探，看見騎在馬上，全穿上和閃靈賽巴相同的白色鎧甲的騎士們沿路朝市民揮手，往城門而來。

話說，領頭的騎兵就是閃靈賽巴。

之前已經聽說他是騎士團長，但葵娜完全沒想到會在這邊遇到他。

葵娜尷尬地趕緊躲到門柱後面，反而讓人覺得舉止怪異吧。

包含閃靈賽巴在內的部分騎士把目光聚集到這個可疑的傢伙身上。

在市民的加油聲與歡聲中離開王都的騎士團當然不只有騎士。

首先最前方是高揭費爾斯凱洛騎士團旗的士兵，二十位左右的騎兵跟在他後面。

接下來有八輛馬車，以及跟在馬車旁一起前進的八十位士兵。

最後方是十輛左右蓋上布棚的貨物馬車，這些馬車似乎是搬運行軍中的糧食與用品。

看起來大概是總計一百人多一點的團體。

從擊退盜賊這個目的來看，這個人數有點不上不下，但因為地點在鄰國，可能也包含了別過度刺激對方的顧慮。

據西門的守衛所說，似乎是如此。

聽說為了讓少數人也能盡快解決，還特地挑選菁英出團。

葵娜打算跟在最後面一起走，所以等著整團騎士經過，卻和疑惑地瞪著她的閃靈賽巴對上眼而嚇一大跳。

閃靈賽巴當然也是相同反應，他是因為看見可疑人物竟然是葵娜而被嚇到。

不小心懷疑起葵娜是不是有所意圖，這是閃靈賽巴悲哀的職業病。

騎兵領兵，士兵跟在後面走，接著是馬車和貨物馬車，騎士團就這樣出發了。

集結起來的商隊馬車與騎士團拉開一段距離，跟在後面。

葵娜接著跟在商隊後面開始移動。

領頭的騎士團騎馬移動，移動速度接近快走。葵娜認為有步兵同行，應該也沒辦法走太快。

如果真的落後太多，就召喚可以當成交通工具的召喚獸出來就好。

離開王都相當距離後，一個騎兵脫離領頭集團靠近葵娜。

騎兵和葵娜並行後，從馬背上朝葵娜說話。來者就是閃靈賽巴。

「妳在幹嘛啊？跟著我們是打算在我們不爭氣時從後面踢飛我們嗎？」

「為什麼我非得做那種跟監視者沒兩樣的事啊！我只是為了找龍宮城，想和你們同行到那個村莊去啦。」

「噢，孔拉爾說的那個啊……那是沒關係啦，但妳要用走的？要表演給市民看的遊行結束了，我們也要讓士兵搭馬車走快一點了。」

「噢，所以才會有那麼多輛馬車啊～」

葵娜還想著為什麼需要馬車，聽完閃靈賽巴的說明後才理解。

騎士團就在他們說話時提高速度，連商隊的馬車也逐漸和葵娜兩人拉開距離。

就算拉開距離，葵娜也想了好幾個追上大家的手段，但閃靈賽巴「嗯」地點了個頭，突然抓住她的手把她抱上馬背。

當然是擺在自己正面，放在抓韁繩的雙手間成公主抱的姿勢。

「呀！」

「我就特別載妳一程吧。哎呀，妳不用在意啦，這是活動怪獸攻防那時的謝禮。啊啊，妳別亂動，會掉下去……喔。」

除了醫生和父親，這還是葵娜第一次被異性這樣抱著。

葵娜的臉越來越紅，雙脣抿成一直線，身體也變得僵硬。

雖然閃靈賽巴是龍人族這種異種族，但他的內在是玩家。

閃靈賽巴立刻發現葵娜的美貌（有輕微魅惑效果），回想自己的行動後才驚覺。

這行為簡直就像童話故事中的王子。

閃靈賽巴心中混雜著糾葛與害羞，罵自己：「要和她共騎一匹馬也有別的乘坐姿勢吧，我幹嘛選公主抱啊～～～！」

兩人皆沉默不語，不經意地別開視線。

過一陣子，閃靈賽巴才開口道歉：

「啊──對不起，是我思慮不周……」

「……嗯，你是為我著想才這麼做，我懂……」

葵娜聲如蚊蚋，完全沒了平常那股難以捉摸的氛圍。

把懷中的葵娜當易碎品般對待的閃靈賽巴也沒想到要把她放下來。

他似乎也慌張得不知所措。

但狀況不理會兩人，逕自加速。

閃靈賽巴加快腳步的馬匹已經逐漸追上領頭隊伍，殿後的騎士與副團長睜大眼睛看著回到隊伍的團長的怪異行為。

接著又被未曾感受過的好奇視線包圍，葵娜把自己的身體縮得更小。

她已經臉紅得立刻能害羞而死。

「嗚嗚……閃靈賽巴你這個笨蛋……」

「哎呀，對不起，我沒有這個意思啊，總之很抱歉。」

看見騎士團長對懷中的精靈美女頻頻低頭道歉，部下們的視線沒多久也轉為帶有調侃、無言。

向葵娜道歉的閃靈賽巴發現時已經來不及了。

「團長，原來你有女朋友喔。」

「……什麼？你們在說什麼啊……」

「沒想到你們恩愛到讓你帶著她一起遠征，原來團長也有身為男人可靠的一面啊。」

「喲！好讓人羨慕啊，哎喲哎喲！」

「不對，你們等等！不是這樣，你們可別誤會。」

「團長，你這樣當著大家的面否定，對不起你的女朋友啦，你就乾脆一點承認吧？」

「哎呀～～我們都會祝福你啦，大家說對不對？」

「「「「「喔喔喔喔喔喔喔——————！！！」」」」」

騎士們的情緒在與遠征毫無關係的事情達到最高潮。

搭馬車的士兵好奇發生了什麼事，探出頭來查看。

完全跟不上大家話題的閃靈賽巴，還有在他懷中紅著一張臉，被視為騎士團公認情侶而產生複雜情緒的葵娜。

葵娜用力抓住抱著她的手臂代替抱怨。

「呀啊！很痛很痛啊啊啊啊啊！妳那什麼鬼握力啊！」

「你可別小看技能大師！有個技能叫作【痛覺加倍】！」

葵娜脫離羞得要死的狀態，恢復平常的樣子後開始反擊。

但就連這副模樣看在他人眼裡都像是情侶吵架，周遭的視線也漸漸變成白眼。

騎士團第一天就趕完原本需要兩天的路程，在街道旁的露宿營地搭帳棚野營。

緊跟在騎士團後面的商隊也在稍遠的地方升起營火。

「他們也不會來打聲招呼耶。」

「因為那些傢伙採取不特別干涉的態度，如果沒發生什麼事情也不會來求援，但要是來求援了，也會說些奇怪的藉口就是了。」

至此，葵娜和閃靈賽巴終於得到解開誤會的好機會。

但也得建立在對方相信他們說詞的基礎上。

騎士團長簡單說明和葵娜共騎一匹馬的前因後果後，低頭道歉：「造成大家誤會真的很不好意思。」

而臉上紅潮終於消退的葵娜也低頭向大家致意後簡單自我介紹。

「幸會，我是冒險者葵娜。剛剛真的相當失禮。說我是斯卡魯格的母親，大家應該比較熟悉吧。」

「「「「咦咦咦咦咦咦咦咦咦咦咦咦咦咦！」」」」

「團長原來有那種興趣嗎～～！」

「沒想到你竟然喜歡寡婦！」

「我幻滅了～～」

騎士團下一秒齊聲發出驚愕的哀號，不知為何都對閃靈賽巴投以失望的發言以及悲憫的視線。

還出現一部分「那大司祭就要喊你『繼父』了耶」、「能被梅梅閣下喊『繼父』也太讓人羨慕了吧！」等莫名其妙的發言。

「這個騎士團真的沒問題嗎……」

「我沒教好部下，真是對不起。」

而且還是葵娜已經被當成騎士團一員，連抱怨都來不及說就被安排和女性騎士同床共眠之後的事。

「該怎麼說呢……有閃靈賽巴這種上司就有這種部下的感覺耶。」

「妳這是在誇獎我，還是在貶低我啊？」

「……姑且算誇獎？」

「為什麼是疑問句啊？」

在遊戲中，只有遇到任務時會和騎士團交談，但總歸一句就是「嚴肅」、「講究規矩」的團體。

而閃靈賽巴的部下這群人是完全感覺不到那股死板氣氛的溫馨團體。

就算考慮到種族不同及環境等因素，還是參雜了非常多私情吧，真是讓人傻眼。

「喂！把騎士團弄得像公會一樣的好朋友團體是要怎樣啦！」

「別看他們這樣，他們該正經的時候還是很正經，所以沒問題。他們也沒差到會被人說閒話啦。」

部下們看見葵娜和閃靈賽巴的樣子，只覺得他們兩人互相信賴，紛紛交頭接耳：「這應該有戲吧？」「他們很登對耶。」

這些話確實傳進葵娜耳中，但反駁可能會被他們當作害羞，所以葵娜決定假裝沒聽見。只不過閃靈賽巴喊著：「你們這些傢伙！」追著部下到處跑，葵娜的用心絲毫沒有任何功效。

「都不知道他到底是受大家喜愛還是被大家戲弄了……這國家真的沒問題嗎？」

身為跟著騎士團預定行程走的人，葵娜推測隔天下午應該就能抵達目標漁村附近。

「什麼！葵娜大人不是要跟著我們到最後嗎？」

「沒有沒有，我要去別的地方，只是想說要和騎士團同行到那附近而已。」

「如果是葵娜大人，讓妳寄生也無所謂，拜託妳跟我們到最後！」

「話說，你們幹嘛叫我大人啊？」

「「那還用說，如果妳能供給我們美味的食物，當然要大拍馬屁啊！」」

葵娜皺眉轉過頭去，只見閃靈賽巴一臉不好意思地舉起單手道歉。

一切起因於葵娜聽說他們的飲食只有硬麵包、肉乾和水。
也有人在自己的水壺裡裝稀釋過的酒就是了。
葵娜想著既然都要吃飯，就到稍遠的商隊去向他們購買蔬菜和肉後執行【料理技能(Cooking skill)】。
接著完成類似麵疙瘩湯的蔬菜湯。
大概是行軍中難得能吃到溫熱食物，士兵們相當感激她。
甚至還有人邊哭邊吃。
「這些人平常都吃些什麼啊……」
這一群餓死鬼的用餐景象讓做菜的人嚇傻了眼。
自從葵娜煮了晚餐、早餐，騎士與士兵們聽見她要離開，紛紛使出各種手段留她。
無法抵抗他們的拜託攻擊，葵娜只好製作了【料理技能】的卷軸給閃靈賽巴。
雖然沒聽過哪個騎士團長還要負責煮飯，但能使用卷軸的人只有閃靈賽巴一個，這也沒辦法。
「讓我想起以前老是纏著我要東西的玩家，覺得很好笑。」
「玩遊戲時，我還想料理技能要用在什麼事情上，現在才能理解這有多令人感激。」
「你不知道嗎？只要送特定的ＮＰＣ喜歡的東西提升好感度，就可以觸發任務之類喔，而且還是對前鋒幫助很大的技能呢。」
「真的假的……」

只是聽到這些資訊，閃靈賽巴發出「唔唔唔唔」的聲音，不停偷看葵娜。

是在表示給他現在聽到的這個技能嗎？

葵娜在胸前比出一個大叉叉，閃靈賽巴立刻垂頭喪氣。

葵娜只是打算戲弄一下閃靈賽巴，但看在其他人眼中，完全解讀成不同意思。

女性騎士牢牢抓住閃靈賽巴的雙肩與手臂。

「幹、幹嘛啊！妳們怎麼啦？」

「團長，我們真的錯看你了。」

「我們稍微去那邊說個話吧？」

「你不覺得在大庭廣眾之下性騷擾，對你的女朋友太失禮了嗎！」

「什麼？」

別說閃靈賽巴了，連葵娜也目瞪口呆。

只有他們兩人搞不清楚狀況，發現時，閃靈賽巴已經被所有騎士包圍。

「喂喂喂喂！等等！你們幹嘛，我是做了什麼嗎？」

閃靈賽巴被好幾個人壓制，接著被拉著朝馬車後方去。

「呃～～？」

那頭根本不理會團長喊冤，展開一場該如何對待女性的說教大會。

從隱約聽到的聲音判斷似乎是這麼一回事。

奇奇看不下去，給真的不知道發生什麼事的葵娜忠告：

『他看了妳的胸部，然後妳在胸前比了大叉叉，所以大概被當成發情的動物了吧？』

「發情！」

葵娜瞬間滿臉通紅，副團長大叔朝她低頭道歉。

「小姑娘，真的很對不起，我們會好～～～～好教訓團長，妳就原諒他吧。」

「咦？呃、咦、啊？好、好的！我、我一點也不在意！」

看見葵娜吃螺絲又語無倫次的樣子，其他騎士更加憤慨。

紛紛高喊：「團長那臭傢伙，他平常是對寡婦做出什麼行為啊！」或「副團長！這要把他吊在樹上一晚才行啊！」還有「要給他相同的羞辱！」等。

明明是騎士團長，大家也講得太難聽了。

某種意義來說，也可說他受大家喜愛吧。

和在冒險者公會從其他人口中聽見的「騎士惹人厭」完全不同。

大概除了說教還受了某些教訓，看見閃靈賽巴回來時身上有點髒的模樣，葵娜不禁笑了出來。

「到底是怎樣啦，我明明就是清白的……妳知道是怎麼回事嗎？」

「呵呵呵，祕密。」

「什麼啦……」

閃靈賽巴再次垂頭喪氣，但在發現部下們直盯著他們看的視線，立刻端正姿勢。

看見他這樣，葵娜終於忍不住噴笑出聲。

這也感染了大家，沒多久，騎士團就籠罩在巨大笑聲中。

歡樂之中葵娜想著：在這玩家只要有等級３００就幾乎不會碰到危險的世界，對前衛幫助很大的技能真的有派上用場的時候嗎？

葵娜悠哉地心想，但此時她還沒想到這烏鴉嘴想法竟然會一語成讖。

這天移動時，葵娜為了避免誤解繼續升級，不肯和閃靈賽巴共騎一匹馬，用【召喚(Summon)魔法(magic)】召喚出人馬海格。

「喔喔！主人！海格在此前來！」

「很危險，你不要邊耍槍邊出現！」

看見槍矛劃過眼前，葵娜嚇出一身冷汗。

雖然知道有奇奇的防護罩，這對她不會產生任何傷害，即使如此還是不想近距離看見劃破空氣的槍矛。

騎士大多善意接納有著武士脾氣且對其他人相當有禮的人馬。

也有騎士對他有點熱血的部分深有共鳴，這點讓女性騎士很感冒就是了。

「為什麼會是那種個性啊？」

「召喚出來時已經是那樣了，真實的召喚真是恐怖呢。」

閃靈賽巴揉著太陽穴煩惱嘆氣。

聽說有個性極為相似的騎士在王城裡工作。

「想到有兩個他就讓我頭痛啊。」

「要不然，我借兩三匹給你警備王城？」

「總覺得『匹』帶有惡意耶，是我的錯覺嗎？」

「大概是你的錯覺吧。」

順帶一提，閃靈賽巴坐在馬上，葵娜則是側坐在海格背上。

海格曾經拒絕當馱獸，葵娜問他可不可以載人後，他立刻應允：「如果您不介意在下的背。」

而且這僅限於主人葵娜，似乎是特別待遇。

兩人和一頭召喚獸隨意聊天並領頭前進，他們抬頭看見行進方向的天空出現的灰色雲朵，憂鬱地皺起眉頭。

「嗯～～這感覺會來一場驟雨耶～～」

「有沒有避雨魔法之類的啊。」

「避雨魔法是什麼啦……？」

就在閃靈賽巴想要停下隊伍觀察狀況時。

不知從哪湧出的霧靄遮蔽視線。

「這是什麼啊？」

「等等！是從哪裡冒出來的啊！」

「哇啊，馬！」

「馬突然開始暴動！」

「大家冷靜點！快點安撫馬匹！」

一轉眼，大家腳邊都被霧靄遮蔽。

霧靄已經到馬腹的高度，甚至開始覆蓋馬車地板。

大概感覺到什麼，馬匹也開始躁動。

還有好幾匹馬高舉前腳，好幾個騎士來不及應對而跌下馬背。

因為海格不受影響，葵娜決定幫忙安撫其他馬匹。

後方的士兵看起來也像是被霧靄做成的繩索綁住。

因為葵娜的【馴獸(Beast master)】技能一次只能對一匹馬施展，無法一次解決所有馬匹。

就在忙亂中，奇奇對葵娜報告這片霧靄「有敵意」，葵娜也把注意力轉到霧靄上。

「這看起來是霧靄，但不是真正的霧靄！」

「葵娜！妳有沒有辦法解決！」

葵娜感覺霧靄有自主意志朝他們身上糾纏，所以將霧靄視為有惡意之物，解放自己的力量。

【魔法技能（Magic Skill）：淨化結界Lv.2：Landia：ready set】。

「施放！」

施展魔法的瞬間，淡淡的光波以葵娜為中心向四面八方擴散。

光波消除葵娜身邊的霧靄，被乳白色霧靄掩蓋的大地出現圓形光環，原本的草原也慢慢現身。

霧靄碰觸光波後，蒸發似的消失得無影無蹤。

被粗壯藤蔓般的霧靄綁住的士兵也陸陸續續脫困。

有人重心不穩往前走了好幾步，也有人跌坐在地，但看起來沒有生命危險。

這個魔法等級一只有淨化周遭的效果，但等級二能治癒人與動物的異常狀態，所以馬匹也在接觸光波的瞬間冷靜下來。

在葵娜施展魔法一分鐘後，覆蓋周遭的霧靄澈底消失。

雖然天氣仍讓人感到不安，但已經沒有方才那種奇怪的感覺了。

在大家幫忙扶起倒下的人時，副團長把傷者聚集起來，讓懂治癒魔法的人幫忙療傷。

閃靈賽巴巡視整團的狀況，向各隊隊長確認是否出現更嚴重的混亂。

對這如同陷阱從地面湧出的霧靄，葵娜感覺是人為的東西。

「奇奇，你認為呢？」

『是的，我認為這其中有某人的惡意。』

妖精妹妹相當罕見地一點也不害怕。

不僅如此，她似乎很生氣，不停拍打葵娜的脖子。

在這仍瀰漫著緊張感的氣氛中，葵娜卻因為搔癢而差點笑出來。

「那麼，今天讓我和大家同行到這裡，真的很感謝。」

「啊啊，剛剛才發生那種事，妳也要多小心啊。」

在前往有人目擊海底城的漁村的道路前，葵娜向閃靈賽巴一行人告別。

「嗚嗚，旅行中的美食（撫慰）……」

「一想到又要回到肉乾和硬麵包的生活……嗚嗚。」

後方完全被葵娜的料理洗腦的騎士們帶著幾乎要咬破手帕的不甘心表情，從馬車後方探頭出來偷看。

「呃～～那些人呢？」

「噢，別管他們，我待會兒會扁他們一頓。」

閃靈賽巴抱怨著「真是騎士的恥辱」，副團長等人只是苦笑。

「路上請小心。」

「你們也是啊。」

「回到費爾斯凱洛後，請來王城露個面吧，我們會事先跟守衛說一聲。」

短短兩天就這般喜歡葵娜，讓葵娜嘴角浮現笑容。

幾乎都是多虧抓住大家的胃的廚藝。

甚至有人覺得要是能準備更充足的材料，應該可以吃到更好吃的料理，想邀葵娜到王城工作。

葵娜當然拒絕了。

要是到王城工作，感覺一天到晚都得看見斯卡魯格，會累積很多壓力。

「我從這邊開始下來用走的吧。」

「說的也是，這樣似乎比較恰當。」

看見眼前的異狀，手握長槍的海格表情也認真起來。

一路平順的旅途也只到和騎士團分開後走進一旁的小路為止。

葵娜要去的漁村就位於可以看見大海的平原稍微下方處，和騎士團分開後，周遭瞬間陷入寂靜，開始出現其他異狀。

除了人馬的腳步聲，以及隱約聽見細小海濤聲外，沒有任何聲音。

順帶一提，還飄散著會讓人聯想到些什麼的微溫空氣。

「主人！有種相當危險的氣息。」

「連鳥叫聲也沒有，很奇怪耶……」

在遊戲中，只要靠近海邊自然會聽見海鳥鳴叫聲，也會聽見村莊傳來人聲沸騰的聲音，這股寧靜太不自然了。

濃烈的海潮味讓葵娜皺起眉頭。

遊戲中除了食物的味道，其他氣味都不明顯，所以這是葵娜第一次聞到海潮味。

緩緩的下坡延伸，露出岩石表面的大地鋪上一層砂，稀稀落落的矮木與雜草覆蓋，只有一條勉強供馬車通行的小路。

而小路也在途中中斷，消失在深乳白色的停滯濃霧裡。

「剛剛是霧靄，現在是濃霧啊。」

「完全看不見村莊的全貌，主人，請您千萬不可大意。」

「感覺好像看過這種恐怖電影耶，是什麼來著？」

推測大概是村莊所在位置的地點被埋沒在低氣壓雲塊般的濃霧當中。

明明有能吹動葵娜頭髮的輕風吹撫，卻無法吹散霧氣。

霧絲毫沒有移動，只是慢慢地旋轉。

「唔哇，那什麼啊……」

「該怎麼說呢，看起來就是危險地帶啊。」

海格表情變得更加嚴肅，做好備戰準備。

預測「霧＝水系敵人」的葵娜從道具箱中拿出火蜥蜴之劍（Eternal Flame），拔出刀鞘拿在手上，也對自己一行人施展物理性與魔法性防護牆。

越靠近越覺得保持異常狀態成半圓形旋轉的霧如棒球場的高牆般阻止侵入者進入。

從外側完全看不見內側，就算使用【探查魔法】，大概在什麼東西靠近葵娜之前也絲毫無法查知。

『強化防禦牆。』

奇奇說完，葵娜身邊散發出淡淡的燐光。

從衣服表面張開厚約二十公分的防護層，看起來像穿上發光的人形鎧甲。

海格只是看了葵娜一眼，沒表現出驚訝的樣子。

玩家視野角落有個圓形中間有十字的雷達，【探查魔法】就是擴大其效果範圍的魔法。

正中央位置是自己，綠點是同伴、紅點是敵人。

原本的效果範圍為半徑十公尺，施展魔法後可以擴大到半徑一百公尺。

對葵娜這些常單獨行動的一匹狼玩家來說，這是個必備技能。

但是站在濃霧外側，應該進入雷達範圍的霧只顯示紅色的「ＥＲＲＯＲ」字樣。

「這個霧擁有阻礙效果呢……感覺在哪裡看過類似的任務耶。」

「主人，請您下突襲命令。」

「又不是赤穗浪士，拜託你別說那種話。雖然也可以從外部將霧全部吹散，但如果『村民其實平安無事』，感覺又會找來麻煩事耶。」

「是！全遵照主人指示。」

葵娜首先下決心把半根如意棒伸進霧中。

過了幾秒後抽出來，如意棒沒燒壞也沒爛掉。

「主人，您拿等級那麼高的武器應該也無法得知效果吧？」

「……嗯，你說的是。」

海格無奈一說，葵娜後腦杓冒出大滴汗珠。

雖然這樣說，葵娜手上的武器都不是隨隨便便就會有所損傷的東西。

海格手上的長槍也是高級品，沒辦法，葵娜只好從道具箱中拿出棋利納草的葉子，隨便往濃霧中一伸。

『葵娜！』

「主人！」

腦中和身邊同時傳來焦急的聲音。

「別擔心、別擔心，沒有什麼刺痛的感覺啦……咦？」

手伸回來時沒有變紅，但手上的棋利納草短短幾秒內就化作枯草。

「什麼！這太奇怪了！」

「感覺不只是被吸乾水分。」

只是輕輕晃動，手中的枯草便碎裂崩落。

「這真的可以前進嗎？」

「主人請別擔心！就交給在下吧！」

海格拍拍胸脯，率先走進霧中。

葵娜也慌慌張張跟上去。

濃霧中的視野連五公尺也不到。

海格毫不輕忽地拿好長槍，謹慎環顧四周一邊前進。

因為葵娜身上的防禦牆啟動中，看起來像在昏暗當中纏繞著一層光膜。

只有微弱光芒從上方照進半圓球狀的濃霧，所以直到走進村莊都無法確認房子的蹤影。

葵娜不經意確認自己的狀態，看見畫面上一起顯示的同伴海格的狀態，嚇一大跳。

因為顯示「現在值／ＭＡＸ」的ＨＰ（生命值）現在值，在葵娜確認的當下也正緩慢減少。

減少物理與魔法攻擊效果的魔法應該也有施展在海格身上，這表示濃霧帶來的傷害更在其上。

「等等！這濃霧竟然還附加傷害！」

葵娜驚聲大叫，慌慌張張地要對海格施展【單體恢復】魔法，幾乎同一時間，有個人影從濃霧中跑出來。

而且還是從背後出現。

「主人！」

在葵娜發現視野角落的雷達異狀之前，海格先擋在她前面替她承受了一擊，被來者打飛出去。

葵娜趁機和來者拉開距離。搖搖晃晃地站在她面前的是個典型的殭屍。

土黃色肌膚、混濁不聚焦的眼睛、破破爛爛勉強穿在身上的衣服。

別說一部分了，身體四處的皮膚掀起，隱約可見紅褐色肌肉。

腐肉味充斥四周，葵娜皺起臉來。

直接展現出和遊戲中的ＣＧ完全不同的真實醜陋屍體的殭屍，可說是最常見的嘍囉角色吧。

但是，不管在其他遊戲是如何逆來順受，里亞德錄中的殭屍不是只有等級低的怪。

偶爾會出現外表讓人輕忽大意，其實力量相當強大的殭屍。

「喔喔喔喔喔喔嗚嗚嗚嗚嗚……」

殭屍發出稱不上吐氣也稱不上喊聲的呻吟，嚇阻生者。

被打飛的海格只留下一句「祝、祝您獲勝……」後，輪廓漸漸模糊消失。

海格的等級應該有２５０，如此輕易被打敗的狀況很少見。

保守估計，這個殭屍至少也有相同等級。

葵娜判斷現在的里亞德錄中只有玩家可以創造出這種等級的殭屍，便對眼前的殭屍施展待機狀態中的【魔法技能：單體恢復（Dure）Lv.9】。

對死者來說，恢復魔法等於攻擊魔法。

全身染上白光的殭屍從身體末梢慢慢粉碎變成粉塵。

一轉眼消失無蹤。

這個魔法可以讓等級４００的玩家從瀕死狀態恢復到生命值全滿，這種程度的殭屍根本承受不起。

「話說，是從哪裡冒出來的啦！剛剛那個！」

對剛走進半圓型濃霧的葵娜來說，背後應該是「外面」才對。

還是說，在踏進這個迷霧森林的瞬間，就會有陷阱從濃霧範圍的某處飛來嗎？

在費爾斯凱洛買來的普通短劍上施加【聖光(Shine light)】後照亮周遭。

雖然只有周圍三公尺左右，白色閃耀的光芒照亮了奶油色濃霧。

作用範圍狹窄，但只要光芒效果持續，就能創造出淨化空間，是【神聖魔法】的一種。

這片霧似乎因為某種術式而擁有毒霧的效果。

纏繞在身上的光膜消失後稍微鬆口氣的葵娜，總之先朝濃霧那頭隱約可見的巨大影子走過去。

往前走之後，首先碰到民宅。

和邊境村莊一樣，是相當老舊的房子，但要居住還是完全沒問題。

空氣中有海水的氣味，同時也飄散與剛剛的殭屍類似的臭味。

葵娜停下腳步思考。

「那麼，該怎麼辦呢？」

說起來，跑來找龍宮城卻遇到這種罕事完全在葵娜的預料之外。

乾脆把半圓型濃霧中的所有東西當作殭屍，拿最大火力把整個村莊和霧一起燒掉好了。

還是要找出狀況的原因，可以的話盡早排除呢？

在葵娜靠著民宅牆邊深思時，雷達邊邊出現紅點。

有兩三個紅點從雷達邊緣往這邊移動。

葵娜從搖晃的身影和詭異的呻吟聲斷定那是殭屍，拿起火蜥蜴之劍朝那邊丟出去。

這把能噴火的長劍，刀身和刀柄在半空中進行複雜的變形，長出四隻腳著地。

這隻身上纏繞火焰的金屬蜥蜴大概只有高約及膝的犬隻大小，但是有與等級４００的魔獸匹敵的實力。

濃霧另一頭立刻傳來「喔啊～～」「鏗鏘～～」等像是怪獸決戰的聲音。

火焰躍動的紅色在濃霧那頭肆無忌憚地暴動。

不一會兒，濃霧那頭的騷動停止，火蜥蜴以悠悠的步調走回來。

火蜥蜴在葵娜面前一跳，在空中變回原本的長劍模樣回到她手中。

葵娜確認刀身沒有損傷後跳上屋頂，要在敵陣中思考，這邊比較適合。

葵娜把火蜥蜴之劍收回劍鞘，壓低腳步聲在屋頂上移動。

幸好這邊房子蓋得還算密集，要跳到隔壁房子的屋頂時不需要先落地。

移動中看見下方蠢動的影子，葵娜做了幾個實驗。

首先試著用風魔法在殭屍背後製造聲響。

一啟動【魔法技能：傳達】，原本遲緩地朝葵娜所在的方向前進的殭屍對背後出現的「哇！」這聲音產生反應轉過頭，往霧的深處前進。

「看來似乎和一般殭屍不同，不是往感覺到有生命體的方向前進，也會對魔力和聲音起反應……」

葵娜隨意嘀咕，但奇奇沒有理她。

奇奇不理葵娜的時候，大多是正在針對她說出口的事搜尋資料，所以她也不怎麼在意。

葵娜拿起嫌累而放在屋頂上的短劍，轉過頭朝後方刺出去。

「鏗鏘」這樣的金屬與金屬碰撞的聲音微微響起，身穿輕裝甲的女性用護臂擋住葵娜的短劍。

雷達上顯示的白點代表其他玩家或同伴，但對方從死角靠近，所以葵娜判斷兩者皆非而展開攻擊。

被攻擊的一方驚訝地睜大眼睛，一臉慌張地彈開葵娜的攻擊並往後退。

對方立刻被淹沒在濃霧中，但葵娜知道她的方位，手上做出小小的炎槍。

接著，長鞭發出聲音從濃霧的另一頭飛來，竄過完全不對的地方而去。

配合長鞭收回濃霧中的方向，葵娜推測「大概是這邊」，接著把炎槍丟過去。

立刻傳來「喔呀啊啊～～！」這絲毫不像女生會喊出的哀號聲。

「接下來把剛剛那個攻擊增加到兩百把……」

「投降！我投降啦！別丟兩百把出來啊！」

聽見葵娜的低語，攻擊者揮動白布現身。

戰戰兢兢現身的是個一身皮革鎧甲女戰士風貌的人類，雙臂纏繞著長鞭。

利用【調查】發現對方等級４３０，得知她確實是玩家。

就算外表看起來很像戰士，她的打扮也太隨便了吧。

看見對方後頸上隨意綁起的雜亂頭髮，葵娜歪過頭。

感覺似乎在哪裡見過這位女性。

女性看見葵娜把手放在腰間的長劍上，慌張揮動雙手。

「等等等等！這裡面的傢伙會對魔力產生反應！妳千萬別把那把劍拔出來啊！」

「妳為什麼知道？弄出這種慘狀的人該不會就是妳吧？」

「那是天大的誤會！我們也被關在這片濃霧中，很頭痛，不知該如何是好。拜託妳，相信我啦……」

『說謊的可能性很低，但感覺也沒有說實話，該怎麼辦？』

奇奇仔細分析對方的模樣後告訴葵娜。

葵娜感覺來者泫然欲泣的懇求並非虛假，保持警戒地解除備戰狀態。

手姑且還是放在長劍（Eternal Flame）上就是了。

女性鬆了一口氣，查看民房周遭的影子，並且招招手要葵娜跟著她走。

「妳要是設陷阱，我就把這一帶全部炸飛！」

「這是什麼威脅啦！而且不可以炸飛，這邊還有倖存者。」

「咦！」

在屋頂上移動一段時間後，抵達了應該是位於村莊邊緣的小倉庫。

裡頭有攤開掛在牆上的漁網，釣竿整齊地擺在角落，小船翻過來疊在一起。

看來是擺放村莊捕魚用具的倉庫。

女性拉開正中央的地板，朝裡頭的樓梯努努下巴，要葵娜往下走。

走下十幾階樓梯後，前方有扇門，女性從葵娜身邊伸出手，朝門板敲了三下、四下、兩下。

過了一會兒，裡頭傳來低沉的「進來」，葵娜慢慢打開門。

因為從雷達上得知裡頭至少有兩位玩家，葵娜警戒著走進去。

這裡比上方的房間寬敞了將近一倍。

大概原本是儲藏庫，有刺鼻的魚腥味，牆邊擺著幾個壺罐與瓦甕。

另外還有兩個打開的木桶，裡面似乎裝了魚乾和鹽漬蔬菜。

應該是玩家的其中一人是個看起來很拘束，縮起身體的龍人族。

另外一個是披著毛毯縮在角落的嬌小人類，似乎是小孩子。

地板上放著發出淡淡光芒的石頭，隱約照亮每個人。

「Xs，果然有人闖進來……了。大概是比老……比我強的玩家啦……或許是這樣。」

「妳的講話方式怎麼和剛剛不一樣啊？」

「囉、囉嗦啦，這之中有很多原因……啦！」

被喚作Xs的龍人族對兩人的對話沒有反應，只是張大嘴凝視葵娜。

女性覺得不對勁，拍拍他的臉頰後，他才回過神來想上前抓住葵娜。

瞬間感到貞操危機的葵娜抽出長劍，被火焰包裹的刀身抵在龍人族的喉頭……

「……呃，我只是想確認啦。」

「竟然想侵犯異種族，你還真是隻饑渴的大蜥蜴耶。」

兩人在房間中央對峙。

因為葵娜的長劍長度略勝一籌，無法縮短距離的龍人族只能伸長手，束手無策。

葵娜的劍在劃破龍人族喉頭的鱗片前停下來。

「妳、妳是葵娜對吧！把這種劍當標準配備的人，除了妳之外沒其他人了！」

「很不巧，我不認識你這種名字這麼有趣的人耶。」

葵娜稍微確認龍人族的狀態後低語。

他的姓名欄上列著「Xxxxxxxxxxxx」這隨便到了極點的一串英文字母。

在遊戲中也常見一串A或是單文字的名字，但實際碰到會不知道該怎麼叫。

所以他才會被叫成「Xs」吧。

女性對葵娜說會嚇到孩子，葵娜才把劍收進道具箱。

她重新面向兩人，接著自我介紹。

「我叫葵娜，是來這個村莊問些事情的。」

「老子……不是，我叫庫歐路凱，因為冒險者公會的工作才來這裡。那邊那個大塊頭叫Xs。」

「別說我大塊頭！這個狀態妳大概認不出來，這是備用角色，我的主要角色是塔爾塔羅斯。」

「……塔爾、塔羅斯……塔爾塔……啊啊，塔塔醬！」

「我就知道妳一定會那樣叫！嗯，妳是如假包換的葵娜，真虧妳還活著耶！」

塔爾塔羅斯是同一個（奶油乳酪）公會的成員，也是少數以魔法為主的精靈族玩家。

不是使用強大火力攻擊，而是抓住敵人弱點獲勝的技巧性玩家。

和現在龍人族全身穿鎧甲拿大劍的樣子完全相反，主要角色瘦弱且臉色差，身穿長袍從頭包到腳，所以葵娜腦中沒辦法將兩者劃上等號。

在怪人玩家占大多數的公會裡，他可是少數有常識的專門負責吐槽的成員。

會用龍人族戰士玩遊戲似乎是物極必反的結果。

等級630，是葵娜目前遇見的玩家中最高等級。

感覺在哪裡見過灰色龍人和輕裝持鞭女性雙人組的葵娜終於想起來了。

「仔細一看，不就是我在黑魯修沛盧問路的雙人組嗎？關於這件事……」

「噢，這麼說來，妳在公會問了我們關於月牙之城的事……對吧。」

那時還覺得她是個大姊頭型的女性，但面對葵娜時，男性化的言行格外明顯。

葵娜點出這點後，Xs用力嘆了口氣。

「我就說妳要注意言行啊，這傢伙以為妳是同性，所以會覺得奇怪。」

「有什麼辦法嘛！我以為會被殺，當然會露出本性。」

「這也是理所當然，葵娜可是奶油乳酪的成員。」

「真的假的！」

這短短的對話讓葵娜靈光一閃。

因為以前曾經從奧普斯口中聽過關於這類玩家的事情。

她確認狀態上顯示「人類：♀：庫歐路凱」後，直搗核心。

「這位庫歐路凱小姐，該不會是玩女性角色的男人吧？」

「嗚唔………！」

被說中的庫歐路凱摀著胸口，別開視線。

如果能表現出視覺效果，應該會有個大箭頭從她的頭頂貫穿身體吧。

第二章
管家、幽靈船、養女和龍宮城

總之先把玩家的狀況擺一邊，葵娜三人彼此說明出現在這裡的理由與現狀。

「我大概是一個月前出現在這裡，然後因為諸多因素正在找樓塔。」

「也太簡潔了吧！」

「發生太多事，全說出來太花時間啦！我到目前遇過三個玩家，其中一個去坐牢了。」

「滿滿可以吐槽的地方耶，坐牢是？」

「就是在黑魯修沛盧遇到你們時引起問題的盜賊啊。盜賊的頭目是玩家啦，我把他打趴後就被騎士團搶走了。」

「嘿嘿！」葵娜可愛地閉上單眼吐舌，Xs臉色發青並往後退。

「好、好噁心！」

「你那什麼反應！扁你喔！」

「這才比較像妳啊！」

看見兩人突然展開相聲般的對話，庫歐路凱和披著毛毯的小孩露出呆愣的表情。

妖精妹妹從葵娜的肩頭飛出來，輕飄飄地靠近。

但小孩似乎看不見妖精妹妹，妖精妹妹在小孩附近轉了幾圈，見小孩沒反應就垂頭喪氣地飛回葵娜肩膀上。

「「這……這是什麼啊！」」

嚇一跳的反而是庫歐路凱和Xs。

表情彷彿看見難以置信的東西，嘴巴一張一合地凝視妖精妹妹。

妖精妹妹發現有人盯著她，連忙躲進葵娜的頭髮。

「妖精妹妹。」

葵娜毫不在意地丟下這句話，Xs相當無奈，庫歐路凱睜大眼睛和嘴巴，如土偶般僵在原地。

「是奧普斯給我的，不對，這個狀況應該算是託付給我吧。」

「那～～個死混帳也在這個世界嗎？」

這件事的衝擊似乎更大，Xs驚聲哀號。

葵娜苦笑著揮手說：「沒有啦，沒見到沒見到，雖然我感覺他似乎在。」

「真的假的……」

看見Xs抱頭仰天的模樣，庫歐路凱滿臉問號。

「奧普斯是誰？」

「一個和我有孽緣的笨蛋。」

「糟糕透頂，老是拖人下水的混帳。」

雖然兩人的意見完全不同，庫歐路凱大概能理解奧普斯帶來的影響，一臉疲憊地小聲說：「噢，這樣啊……」

小孩仍無法理解狀況，呆呆地看著大家，葵娜在小孩面前召喚出【炎精靈】。體長三十公分左右，身上纏繞火焰的小猴子用橘色光芒照亮房間的同時，在孩子面前跳來跳去逗她。

看著跳來跳去又轉圈又翻滾的小猴子，小孩微微笑了。

此時毛毯掉落，葵娜這才知道她是個小女孩。

在旁吞著口水靜靜守護的三人小聲地嘆氣。

「「「唉～～～」」」

大概是把小女孩交給小猴子後放下肩上的重擔，Xs開始說明自己現在的狀況。

「我們是接下黑魯修沛盧商人公會的委託，他們說海邊的漁貨沒有交貨，所以我們最先去距離大概徒步需要三天的漁村。然後呢，那邊沒有留下任何打鬥痕跡，卻空無一人。每戶人家門戶大開，但也沒看見屍體，腳印一路朝海邊走去，然後搜查就陷入瓶頸了。」

「那豈不是超嚴重事態嗎……」

「然後，我們想著不知道其他漁村如何，就開始往南邊走。兩天前還沒事，但傍晚左右開始，村民騷動喊著『船怎樣又怎樣』後不久，整個村莊就被濃霧籠罩。村民一個接一個倒下變成殭屍，然後隨機攻擊我們。有時還混雜著力量強大的骨骸，又沒辦法出去，就在我們走投無路跑到這裡避難時，遇見了這個小孩。」

「妳不用勉強自己要有女性化的言行啦，漏洞百出反而更奇怪。」

「唔唔……」

葵娜吐槽後，庫歐路凱垂頭喪氣，終於放棄了。

孤單一人留在這邊的小女孩名叫露可，是這個村莊唯一的倖存者。

當然是因為葵娜很親切地一直和她說話，才問出了她的名字。

對村莊裡沒有同齡玩伴的她來說，這個小倉庫是她的遊戲場所。

因為霧不會跑進地下室，加上這邊是施加「咒語」的糧食倉庫，她才得以逃過一劫。

要離開這邊，就得走過籠罩著濃霧的村莊。

想逃走，就得帶著露可離開倉庫。

小孩極有可能在接觸濃霧的瞬間變成殭屍。

但也不能獨留她一人，跑出去尋找原因，所以幾乎可說是走投無路了。

「話雖如此，要殺了曾經是村民的殭屍也讓我很猶豫……」

把少女交給身穿金屬鎧甲不適合隱密行動的Xｓ照顧，庫歐路凱偶爾會離開倉庫，慢慢消滅殭屍。

「我一開始還以為妳是高等殭屍，真的很抱歉。」

「沒關係啦，知道就好啦。我剛剛也做過頭了。」

「妳那個寫作做過頭，但要唸成『殺』過頭，沒有任何信用。」

「為什麼你要反駁我啦！」

「住口！真是的！你們可不可以不要一開口就吵架啊！」

葵娜和Xs差點又要展開相聲爭辯，庫歐路凱連忙阻止兩人。

Xs重新打起精神，在地板上畫出簡單的村莊地圖，開始討論該如何離開。

雖然共用倉庫所在的地勢較村莊高，但海邊比較近。

他們也想過要從海路離開，然而不僅所有人都沒什麼駕駛船隻的經驗，Xs的體型就算沒穿鎧甲也會超過小船負荷。

於是他們做出要盡早排除濃霧原因的結論。

「只要有葵娜在，就能做出很多戰術。這孩子交給妳也比較安全，我們就趁這段時間解決原因。」

「只要用【結界】覆蓋整個倉庫，應該就沒有人能攻擊了吧？」

因為葵娜住院時常常有耐心地陪伴小孩，跟他們說話，露可已經相當親近葵娜，緊緊抓著她的衣服。

小女孩似乎才剛滿十歲，在沒什麼小孩的村莊裡養成相當安靜的個性。

沒辦法把這孩子單獨留在這邊，所以Xs和庫歐路凱提議兒一個打一個。

反而是葵娜提議有人當後衛比較好。

對Xs身體裡的玩家來說，因為主要角色是後衛，相當清楚戰鬥輔助的有無會左右戰術的多樣性。

「真不愧是『體貼的』塔塔醬，就算自己的行動受阻，還是要以孩子為優先。」

「別叫我醬，把她一個人留在這邊也太可憐了吧。」

「我又沒有說要留她一個人……」

葵娜從道具箱中拿出藍、紅兩個搖鈴，看著搖鈴思索。

這是庫歐路凱沒見過的道具，也不知道有什麼效果，但Xs（塔爾塔羅斯）過去在遊戲中曾被捲入葵娜和奧普斯用這個道具製造出來的騷動，露出相當厭惡的表情。

「話說，妳為什麼有兩個啊……」

「這還用說，當然是玩夠多啊～～」

「妳這個遊戲廢人。」

「這對我來說是至上的誇獎啦。」

「對不起，我完全聽不懂你們在說什麼。」

才剛玩遊戲沒多久的庫歐路凱完全跟不上超頂級公會成員之間的對話。

葵娜先向被排擠的庫歐路凱道歉，接著跟她解釋這個搖鈴是什麼。

「噢，對不起對不起，這是遊戲時間超過一萬小時就能收到的禮物。」

「拿到兩個就能認定為遊戲廢人了。」

「真不愧是奶油乳酪的成員……廢人程度超乎想像。」

「道具效果是可以召喚出管家或女僕，一千及耳就能讓他們替召喚的人工作十天，等級是召喚者的一半。」

「原來如此，妳打算讓他和我們同行嗎？」

「噗噗～～才不是～～和你們同行的是我。我要請他照顧這個孩子，但是要叫小希還是洛可斯出來呢～～？」

「可以的話，別叫女僕出來。一想到那種東西真實出現在眼前，我就會氣死。」

不知道曾經發生什麼事，Xs光聽見名字就已經滿臉憔悴。

庫歐路凱對話題中的女僕相當好奇，不過現在這種狀況也只能先自重。

「但是要錢吧？一千及耳感覺有點不上不下。」

「換算成現在里亞德錄裡的幣值是一千枚銀幣，也就是十枚金幣～～」

「「貴死了！」」

兩人驚訝地異口同聲，嚇到翻過去。

看見他們的樣子，葵娜疑惑地反問：

「咦？你們兩個都沒有遊戲裡的錢嗎？一及耳就是一枚銀幣耶……」

葵娜稍微說明後，兩人互有同感似的，一起呆住了。

Xs緊握拳頭，齜牙咧嘴地低聲怒吼。

庫歐路凱則是抱著頭在房間角落縮成一團。

露可看見兩人的怪異舉止，不安地緊緊攀住葵娜的背。

葵娜看見這一幕，說著「噢，他們沒先確認錢啊」替兩人感到可憐。

說起來，遊戲中幾乎不會看見實體金錢。

因為交易都是以數值顯示，對普通玩家來說，就和在現實生活中使用信用卡是差不多的感覺吧。

而在遊戲世界變成現實世界，看見銅幣、銀幣等實體金錢後，便導出信用卡不能用的結論了。

「露可妹妹別擔心，他們兩個只是自作自受而已。」

「……嗯……」

他們兩人的共通點大概就是背上有一片暗黑大星雲吧，老實說真的是很詭異的畫面。

「混帳，要是知道這點，當時就有辦法安然過關了啊……」

「……忍辱負重在酒館當女服務生的我到底是怎樣啊……」

「我認真說，你們兩個之前到底是在幹嘛啦……」

大概在經濟方面遇到了很多困難吧。

他們的反應讓葵娜打從心底憐憫兩人。

不管怎樣，目前最優先的事項就是女孩的安全。葵娜輕輕搖動藍色搖鈴。

——鈴鈴——！

餘音慢慢融化在倉庫的空氣中，葵娜正前方的空間出現光線繪製出的線條。

如同ＣＧ所做的平面圖上的縱線劃過掛在牆上的物品，畫出一道厚重的雙開門。

門上出現木紋，突出牆面變得立體。

庫歐路凱和小女孩睜大眼睛看著這一幕。

雙開門發出嘎吱聲，不假他人之手地自動慢慢打開。

打開的門那一頭，是一片沒被任何人玷汙的純白空間。

「叩叩」的腳步聲越來越大，有個人從純白的空間走出來。

黑色眼睛、黑色頭髮與黑色貓耳。

一個英挺地穿著一身清爽正裝風格管家服的貓人族少年現身。

而身後打開的門在貓人族少年走出來後消失得無影無蹤。

身高略矮於葵娜的少年往前走幾步，在她面前恭敬地行禮。

「主人，久違了。洛可希錄斯應您的召喚而來，請您盡情使喚在下。」

葵娜從洛可希錄斯現身開始，就對緊攀在她背後驚慌失措的露可微笑。

庫歐路凱也對眼前發生的不可思議景象嚇得張大嘴，僵在原地。

Ｘｓ已經看過無數次，他用手刀攻擊庫歐路凱的頭頂，讓她恢復正常。

葵娜溫柔地輕拍露可的背，一邊說「別緊張、別緊張，這個人很溫柔喔」試圖緩解她的緊張。

「洛可希錄斯，好久不見了，過得好嗎？」

「過得好……在下不知道是否能這樣說，但基本上過得相當安穩。」

「這樣啊，洛可希努呢？你們不是在同一個地方嗎？」

「因為那是像放置打包好的行李的地方，在下也不太清楚那隻笨貓在哪裡。」

「你們那邊的系統似乎也是開店休業狀態呢。我也沒辦法連其他玩家的隨侍都召喚出來啊……」

葵娜搗嘴深思，在發現庫歐路凱和露可的視線集中在洛可希錄斯身上後，把他往前推。

「他是洛可斯，洛可希錄斯，我最自豪的隨侍，等級有550，還請多多指教～～」

「噗！」

洛可希錄斯也不看不知為何誇張地噴笑的庫歐路凱一眼，手擺在左胸一鞠躬。

「在下是貓人族管家，名叫洛可希錄斯。雖然還不成熟，還請儘管吩咐在下。」

「我接下來要去討伐一下魔獸，這孩子叫露可，可以拜託你照顧嗎？」

「請交給在下。」

洛可希錄斯在露可面前屈膝跪地，和露可平視後深深低下頭。

「第一次見到您，露可小姐。在下名叫洛可希錄斯，還請您多多指教。」

露可來回看著葵娜和洛可希錄斯，相當不知所措。

「露可妹妹別擔心，妳只要和這個大哥哥在這邊等一下下，馬上就可以出去了。」

葵娜輕拍露可的背想讓她冷靜下來，她戰戰兢兢地把手伸出去又縮回來，最後才把自己的手放在洛可希錄斯戴著白色手套的手上。

「能得到您的信任是在下的光榮，露可小姐。」

洛可希錄斯柔柔的微笑讓露可染紅雙頰低下頭，輕輕地點了頭。

葵娜從露可背後摸摸她的頭，她困惑地抬頭往上看。

葵娜忍不住緊緊抱住露可，露可慌張地揮動雙手。

Xs戳了戳葵娜的頭，催促她：「喂，快點出發啦。」

「那麼，洛可斯，外面有有害濃霧，所以我會張開【結界】，只要狀況解除就會解開結界。在那之前，露可就麻煩你照顧了。」

「好的，在下明白了。在下洛可希錄斯絕對會拚上性命保護露可小姐。」

「露可妹妹，妳和洛可斯留在這邊等一下喔，我們盡快解決。」

露可抓著洛可希錄斯的褲子，聽到葵娜說的話，露出悲傷的表情輕輕點頭。

露可腳邊的小火猴用硬派加油團風格替他們加油。

朝Xs走去的葵娜拿下耳飾，伸長如意棒之後揮舞。

「那麼～～我們就去打掃吧！」

「該怎麼說呢……妳是保母嗎？」

「感覺妳做起這種事相當順手耶。」

「現實生活中的我臥病在床，來陪我的不是老人就是小孩啦。」

「這、這樣啊……」

看見葵娜滿不在乎地老實說出自己的悲慘境遇，Xs感到愧疚的同時也理解了。因為只要上線絕對會看見葵娜在線上，他還以為葵娜實際上是藟居尼特族。

這種理解基本上沒錯，葵娜的狀況和藟居尼特族相去不遠。

回到地面，葵娜在視野不清的濃霧中對整個倉庫小屋張開【結界】後，立刻有殭屍步履蹣跚地靠近。

等級頂多數十，Xs和庫歐路凱輕而易舉就消滅了。

根本不需要葵娜動手。

「奇奇！搜尋看看有沒有條件相同的任務。我覺得這個狀況好像在哪裡見過。」

『了解了。』

葵娜對「村莊」、「霧」、「殭屍」、「船」等關鍵字有點印象，所以讓擁有龐大資料庫的奇奇找出符合這種狀況的任務。

順便將手高舉過頭做出【炎槍】，朝發出「嗚嗚嗚——」、「啊——」的聲音從背後接近她的殭屍丟出去。

丟中的地方瞬間碳化，強大熱量連後方搖搖晃晃靠近的幾個殭屍也一併射穿。Xs看見這一幕，流了一身冷汗。

「妳的威力依舊不是開玩笑的耶……」

「塔爾塔羅斯的威力也差不多吧。」

「我現在是Ｘｓ啦！」

Ｘｓ使用的武器是和高大的龍人族身高幾乎差不多長的龍刀。

和上次見到他時的裝備不同，大概因應用途使用不同武器吧。

這是遊戲原創的武器，劍尖有兩個彎月般的突起，是大劍的一種，戰鬥方法就是靠蠻力砸砍。

等級６００的龍人族力量產生出的威力，就算不依靠【戰鬥技能（Weapon skill）】，也能一口氣打倒因揮動武器時的衝擊而動彈不得的所有殭屍。

雙手使用不同武器戰鬥的庫歐路凱則是一邊切換中、近距離一邊戰鬥。

左手的佩劍為近距離攻擊武器，主要阻礙敵人攻擊，將敵人誘導到Ｘｓ身邊，交給Ｘｓ解決。

右手的鏈鞭利用【戰鬥技能：旋輪斬（Slicer）】（在空中利用鞭子高速旋轉做出風圈，射出後將對手一刀兩斷的招式）迅速迎擊霧中蠢動的身影。

葵娜根本來不及幫忙，他們輕輕鬆鬆消滅了靠近的殭屍，讓它們回歸塵土。

「你們的攜手合作真漂亮～～」

「我們已經組隊一年以上了啦……嘛。」

一開始見到庫歐路凱時，她說話的方式還有模有樣，但和葵娜相處越久，步調也就越混亂。

露出真面目的影響讓她說話方式一團亂。

Xs也只能苦笑了。

「先別說那個了，這個濃霧活動，我找到相關任務了。是獲得【主動技能（Active skill）：增強】的任務，敵人頭目是幽靈船和海盜船長（Terra skeleton）。」

「真虧妳……記得耶……」

「啊哈哈哈哈～～因為我可是玩瘋了啊……」

「都玩到突破極限了嘛～～」

這當然全靠無謂地儲存一大堆資料的奇奇資料庫，這時只能笑著蒙混過去。

把謹慎戒備周遭的工作交給庫歐路凱，Xs和葵娜商量該怎麼應對。

「……所以，要怎麼辦？」

「去把幽靈船燒掉，連海盜船長也一起燒掉不就好了嗎？」

「還真是直接耶。」

「總比它把目標轉移到下一個村莊來得好吧。」

「這麼說也是。庫歐路凱！我們要去海岸邊嘍！」

「咦？啊、喔，好喔。」

突然被大喊名字，庫歐路凱嚇一大跳，接著追在Xｓ身後而去。

中途遇到的殭屍和水手模樣的骨骸，都在進入視線範圍內就被葵娜如機關槍一般發射出的【火箭】打死。

「那是什麼啊……？」

「葵娜拿來解決嘍囉的普通方法，別太在意。」

「……普通到底是怎麼一回事呢……」

葵娜普通方法的成果都快讓庫歐路凱的常識認知瓦解，他們就在地圖派不上用場的濃霧中往錯誤的方向跑。

原本只要直直往前就能抵達海岸邊，三人蛇行一陣子後才終於抵達。

只有這附近包圍在淡淡霧氣中，破破爛爛的幽靈船已經上岸。

腐臭酸味飄散，視覺化的淤積感引人反胃。

彷彿木頭吸飽水的黑褐色船體。

染得黑汙，破破爛爛吊掛著的船帆。

船腹中央的砲台是讓人懷疑能不能用的古董。

但不知為何，只有桅杆正前方高掛的骷顱頭海盜旗是全新的。

庫歐路凱一句「唔哇！看起來好窮酸喔」引來甲板上的大量骨骸兵探出頭來，一同「「「喀嘰喀嘰喀嘰喀嘰喀嘰！」」」地咬牙切齒。

骨骸兵穿著破破爛爛的水手服，手拿生鏽的劍。

「看起來像在抗議什麼耶……」

「肯定是因為庫歐路凱說了那種話。」

「咦！是我的錯嗎？」

抬頭看著海盜船的葵娜和Xs的對話讓庫歐路凱不知所措地慌張起來。

「我、我該怎麼辦啊？」

「冷靜點，Xs也別說那種會讓她混亂的話啊！」

「抱歉抱歉，但它們似乎沒有想要下船耶，該怎麼辦？直接把船開個大洞衝進去？」

Xs不停揮動龍刀，目標鎖定幽靈船體。

「幽靈船的核心是海盜船長，不先打倒它，它就會拿變成殭屍的受害者的靈魂當燃料無限重生，會變成沒完沒了的戰鬥。」

「啊～～是那種任務啊，那沒辦法了。」

「總之先把船固定別讓它跑掉再上船。」

在聽不懂兩人對話的庫歐路凱歪著頭時，葵娜施展的魔法展現其效果。

【魔法技能：深淵（Lu dowoon）：ready set】。

「掉下去！」

幽靈船垂直落下。幽靈船停泊的岸邊發出黑色光芒裂出鋸齒線條，連預備動作也沒有，直接裂開。

不僅沙灘，連往另一頭延伸的海面也跟著裂開。

海水並沒有雪崩般流進大洞，只有幽靈船直接往龜裂處掉下去。

這本來是讓大型敵人完全掉入龜裂處後封起來，直接壓死敵人的魔法。

此時卻在不上不下的位置停下來，知道魔法效果的Ｘｓ不禁感到疑問。

「喂，葵娜！妳幹嘛在中途停下來啊？」

「一招斃命是很簡單，但這樣一來，三個人一起來這裡就沒意義了吧。我也對那孩子的事情怒不可抑，你們應該也有些想法吧？」

「喔，是啊，抱歉。」

聽見眼冒怒火的葵娜低沉的聲音，Ｘｓ往後退了一步。

發現葵娜無比憤怒的Ｘｓ頭像蚱蜢般點個不停。老實說，感覺葵娜光靠眼神就能破壞很多東西，超恐怖。

Ｘｓ心想得趁遭池魚之殃前快點把元凶消滅掉，惡狠狠地瞪著與地面相鄰的甲板上的骨骸軍團。

「「「喀、喀喀喀喀……？」」」

在等級６００的龍人族狠瞪下，不知是不是錯覺，骨骸軍團看起來很害怕。

「葵娜輔助！庫歐路凱負責打嘍囉！頭目就交給我吧。」

「好喔～～」

「咦？啊、喔、好！」

葵娜接連迅速吟唱【高等物理防禦魔法（Ragga prowtech）】和【附加神聖屬性（Curel all）】。

前者是可以大幅提升所有人防禦力的魔法，後者是可以在所有人的武器上追加神聖屬性威力的魔法。

每個人手上閃耀白光的武器有可說是殭屍與骨骸天敵的效果。

威力會受到術師等級左右，所以庫歐路凱只是揮動長鞭稍微碰到骨骸，就讓對方消失得無影無蹤。

「超級輕鬆的耶，這是什麼啊？」

「可別小看技能大師。」

葵娜也揮動如意棒，掃蕩庫歐路凱沒辦法支援的近處骨骸。

Ｘｓ靠著蠻力一擊，彷彿摩西分紅海般在骨骸軍團中掃出一條路，朝後方自以為是地挺起胸膛的海盜船長攻擊。

「咕喀喀喀！」

「聽不懂你在說啥啦！」

右手拿佩劍，右手裝上鐵鉤的海盜船長稍微抵抗了Ｘｓ的猛烈攻擊。

但海盜船長等級不過３００，面對等級一倍以上且特別強化近身戰的龍人族，根本招架不住，和佩劍一起從頭被砍成兩半，一瞬間化作粉塵。
海盜船長被打敗的同時，部下骨骸們宛如斷線人偶，骨骸四分五裂散落在甲板上。
幽靈船晚了一步才跟著傾倒，化作發出燐光的粒子朝天空飄散。
隨著船體各處往上飄的光粒離去，幽靈船的輪廓也越來越小。
三人在被牽連前連忙離開船隻。
「……也太沒勁了吧。」
「等級差太多了，大抵就是這樣吧。」
Xs把龍刀扛在肩上，看著逐漸變成光粒融在空氣中的幽靈船，露出失望的表情。
幽靈船的輪廓逐漸模糊，在甲板消失時，裡頭飄散出無數白色半透明圓球往天上飛去。
那應該是至今犧牲的村民們的靈魂。
「這報告起來應該很辛苦吧。」
「漁村會變成怎樣啊……廢村嗎？」
「應該也沒有人想住在捲入事件而遭滅村的地方吧，這就是國家的工作了。」
整艘幽靈船化作光粒消失前，靈魂先全部得到解放，霧也散去，天空慢慢染上橘紅色，夕陽倒映在海面上。
三人在光粒全部消失後也抬頭看著橘紅色天空直到憂鬱的心情平靜下來。
中途葵娜雙手合掌，默禱後低語：「海格，我替你報仇了。」這被Xs聽見了。

Xs還以為葵娜最終把弱小的普通人牽連進災難中，怒吼：

「什麼意思！妳該不會有帶同伴來吧！」

「與其說同伴，是我的召喚獸啦。他在霧中受到突襲後就消失了。」

「原來如此，我還以為是普通人咧。別說那種會讓人誤會的話啦！難怪妳莫名恨意滿滿，順帶一提，是什麼被打倒啦？」

「……人馬，等級250。」

「要十多天才能再次召喚啊。」

「對啊。」

召喚獸被打敗後不會消失，但是得等到等級相對應的時間過去才能再次召喚。

這就是等級越高，使用限制越多的好例子。

直到此時，Xs才發現庫歐路凱乖巧得出奇。

帶著陰沉表情不自在地一直偷看葵娜，這讓Xs感到不爽。

「喂！庫歐路凱！」

「……！咦？幹嘛？」

「妳在發什麼呆啊，是身體哪裡不舒服嗎？」

「不，沒有啦。就有點……」

她本人可能是想模糊焦點，但她的一舉一動都宛如壞掉的機器人，相當僵硬。

講白一點就是很詭異。

「如果妳有什麼在意的事情，我讓妳問，還有獎賞喔。」

「呃，嗯～～我剛剛聽到一個奇怪的名詞，想說是不是我聽錯。」

「奇怪的名詞？」

「聽錯？」

葵娜和Xs不解她在說什麼，兩人一起歪過頭。

庫歐路凱知道兩人聽不懂後，下定決心問葵娜：

「剛剛我似乎聽見『技能大師』了耶。」

「噢，那個啊。」

葵娜理解後點點頭。

她確實記得自己跟對附加魔法威力感到驚訝的庫歐路凱如此說過。

然而，拍手表現出「我想起來了」的Xs指著葵娜加以說明：「這傢伙就是『銀環魔女』啦。」

「什……！……銀……銀……『銀環魔女』～～！」

「啥？」

葵娜讓自己專屬的特殊裝備「銀環」飄浮在腰間的樣子，也就是「銀環魔女」，除了部分例外，見過她這副模樣的人幾乎都有很深的創傷。

葵娜不知道庫歐路凱為什麼會嚇成這樣，Xs在旁補充說明。

「這傢伙似乎剛好遇到那個超慘烈事件。」

「別說那是超慘烈事件。」

葵娜光聽到這個就理解了。

雖然是她內心相當不認同的事件，但不得不承認。

讓葵娜的別名聲名遠播的事件有三。

她當上技能大師後的第一場三國間每月會戰、藍國首都遭怪獸襲擊的突發活動，以及褐國首都遭怪獸襲擊的突發活動。

特別是褐國活動前剛好更新版本，葵娜做了「在攻擊範圍內的建築物也會受到傷害」的實驗，這是最主要的因素。

活動開始才十幾分鐘，褐國首都可說遭受大規模空襲攻擊，變成被野火肆虐，四處散落瓦礫的荒野。

雖然沒有對NPC（非玩家角色）造成影響，但這可說是MMO遊戲史上的超慘烈事件，不斷被口耳相傳。

敵方怪獸的攻擊也造成城市一定的傷害，但最主要的原因是大範圍隕石爆破攻擊，正好在場的玩家們全身發抖看著從天而降的岩塊把首都化作瓦礫堆。

在那之後，網路上流傳這慘烈畫面一段時間，營運商也重新審視實驗性新版本後，把褐國首都恢復原貌。

但褐國首都因為曾遭到毀滅，也開始被俗稱為廢棄都市，所屬冒險者的人數急遽減少。不用說，葵娜也打響了「銀環魔女」這個惡名，讓她在那之後有一段時間都不敢參加官方舉辦的活動。

西邊天空完全染上橘紅，葵娜和Ｘｓ商量後決定在這邊露宿。

好不容易才解決了幽靈船這個威脅，也不想被其他東西攻擊，所以確實在周圍布好【結界】。

因為視野不佳且會無處可逃，所以不使用空屋，決定好守衛的順序後才去接露可和洛可希錄斯。

「再來就是露可妹妹了，該怎麼辦才好呢？」

「根據她本人的意願，可能想留在這裡……」

「一個小孩單獨在這裡太危險了吧……？」

聽到葵娜如此低喃，Ｘｓ看得很開，而庫歐路凱則是相當擔心。

葵娜解開在小屋旁張開的【結界】後，小屋門立刻被打開，洛可希錄斯牽著露可出現。

洛可希錄斯鞠躬道：「大家辛苦了。」

然而，露可掙脫貓耳管家原本牽著的手，眼眶泛淚環視空無一人的村莊，朝一間房子跑去。

「！……媽、媽媽……！」

可以微微聽見她用盡全力的聲音，Xs等人悲傷地目送她離去。

葵娜對洛可希錄斯的視線點點頭後，追在露可身後往房子而去。

洛可希錄斯朝葵娜的背影恭敬地低下頭，擅自借用附近民宅的柴薪及廚房準備晚餐。

模糊的視野。

肉、頭髮以及不想去想像的東西燒焦的味道，混雜在鐵鏽燒焦的氣味中。

雲朵如薄霧般布滿藍天。

覆蓋在她動彈不得的身體上的，是前一刻還是雙親的屍體。

她不停哭喊著雙親，喊到聲音沙啞，喊到引起脫水現象陷入昏迷……

再睜開眼時，人已經在醫院了。

堂姊妹淚眼汪汪地看著自己。

「爸爸……媽、媽……！」

從露可跑進去的房裡傳來所有門開了又關上的噪音，以及讓葵娜聯想起當時的自己的拚命哭喊。

葵娜想起那份痛苦、不甘心還有要將她的心壓碎的悲傷情緒，緊緊握拳。

葵娜痛切地理解失去不久前還在身邊一起談笑、最深愛的人的痛苦。

屋裡的聲音戛然而止，開始聽見啜泣聲時，葵娜踏進屋子。

應該是一家三口每天閒話家常的餐桌。

「嗚哇啊、哇啊啊啊啊啊啊啊啊啊啊啊！」

小女孩趴在其中一張椅子上，全身顫抖，落下大滴淚珠。

聽見葵娜的腳步聲而猛然抬頭，發現那不是她要找的人之後再次悲傷地哭泣。

可以想見再這樣下去，她就會變成和過去的自己相同。

幾年前那個沒有發現一直在身邊鼓勵自己的人的心情，只是緊閉心靈的自己。

只覺得失去一切的軟弱的自己。

所以，葵娜也想讓這孩子知道，「我」會在身邊陪著妳。

沒想要強迫她接受，也不會逼迫她轉過頭。

有個人只是靜靜陪在身邊，這是一段多麼難得的時光。

葵娜感激過去的堂姊妹和叔叔，要把這份恩情回報在小女孩身上。

葵娜在露可身邊蹲下，輕柔緩慢地撫摸她的背。

一直到她冷靜下來，一直到她可以安心。

「我來收養這孩子。」

「這樣啊……」

葵娜抱著哭累睡著的露可，回到Xs等人等待的露宿地點。

Xs和庫歐路凱已經用完餐，洛可希錄斯一語不發地開始溫熱放涼的菜餚。

葵娜讓露可睡在她腿上，替她蓋上洛可希錄斯拿過來的毛毯，靜靜地用餐。

晚餐菜色是燉煮蔬菜肉湯，和有點硬的乾糧麵包。

材料似乎是Xs兩人把手上有的東西拿給洛可希錄斯。

每戶民宅的儲藏庫裡也有能用的東西，但考量到安全與衛生後決定不用。

他們在應該是村莊廣場的地方圍一個圈坐下，營火在中央火紅地燃燒。

負責調整營火的是原本待在露可身邊的【炎精靈】。

牠觀察營火，偶爾追加柴薪維持最佳狀態。

葵娜擋住營火，避免火光照到露可身上。

洛可希錄斯收拾完後，站在葵娜身後。

葵娜好幾次要他坐下，但他堅持「這是管家的職責」而不肯改變姿勢，所以葵娜也放棄了。

一番調查後，發現圍繞著村莊布設的驅趕魔獸的咒語已經失效，Xs擔心會有大型魔獸出現，便提議露宿廣場。

在這世界還沒有太多露宿經驗的洛可希錄斯就乖乖聽從他的意見。

葵娜吃完飯，彼此壓低聲量報告現況。

首先是葵娜這邊發生的事情。

大致說明從醫院到目前為止的情況後，另外兩人也點頭理解還有其他玩家存在的事實。

孔拉爾的活動範圍應該是費爾斯凱洛到歐泰羅克斯這一帶，所以碰見以黑魯修沛盧為中心活動的兩人機率極低。

加入騎士團的閃靈賽巴更不用說。

正在坐牢的盜賊頭目應該沒有再次見面的機會了吧。

他們兩人出現在這世界的過程幾乎與孔拉爾他們一樣。

他們玩到服務最後一天的最後一刻，通過斷線後的黑暗空間，出現在這個世界的某個地方。

他們兩人雖然不像閃靈賽巴和孔拉爾一樣是同公會的成員，但剛好在最後一刻都組隊一起玩是兩人的共通點。

然而，也沒見到其他一起組隊的成員，兩人分別被丟到不同地方。

之後在附近的村莊得知了這個世界的事情，偶然因為在同一家酒館吃霸王餐而留下來打工，接著存錢一起成為冒險者。

「為什麼不是六個人，而是兩個人啊？」

「誰知道啦……不知道有什麼規律性。」

對庫歐路凱來說，雖然葵娜已經知道她的真面目，但今後來往的對象不僅葵娜一人，所以特別注意遣詞用字。

要是笑出來就太失禮了，於是葵娜放棄吐槽「她」的矛盾。

「那麼，來說說報酬吧。」

葵娜換了個話題，Xs和庫歐路凱呆呆地面面相覷。

說起來，應該要把事件始末跟冒險者公會報告，接著向公會領取報酬吧。

所以他們不懂葵娜口中的「報酬」是什麼。

「啊，我沒打算以協助者的身分對你們接下的任務插嘴，我的目的是去找龍宮城。我想說的是，雖然事後感覺很差，但你們兩個都解完任務了，我可以用技能大師的身分給你們【主動技能：增強】。要嗎？還是不要？」

「那個【增強】有什麼效果？」

「增強一個能力值兩到三成，持續時間三十分鐘左右。只要提升熟練度，就可以同時執行兩三個，但結束之後會有點累。」

玩遊戲時沒有疲勞感這類的數值，所以葵娜實際使用後感到相當疲憊。

她是閒著沒事時在費爾斯凱洛試用而發現的。

試著四處奔跑，又飛又跳。光是知道在長期戰中使用會讓自己處於不利狀態，就可說試用相當有價值了。

庫歐路凱考量葵娜說明的優缺點後思索。

Xs稍微思考後問：「可不可以換成其他東西？」

「嗯，你不需要這個技能吧。可以喔，想要什麼都可以。只不過有些技能沒完成先決條件的話，就算給了也學不會喔。」

「這我知道，我想要的是【MP（Magic point）轉換】，有嗎？」

「拿這問題問技能大師也太蠢了吧，但你想要的技能未免太獨特了……」

「直接開扁比用魔法快啦。」

【獨特技能（Extra skill）：MP轉換】是選擇戰士職業的玩家常消耗的技能。

與其說技能，更接近於只能用一次的道具，所以可以重複獲得無數次。

效果是一次可以把五點MP轉換成五點其他能力值。

也就是說，這是除了升級外，唯一能提升能力值的技能。

想打破每個種族的能力值上限，就只能使用這個技能。

龍人族是里亞德錄遊戲中MP量最少的種族，但也並非零。

而且龍人族的智力（INT）很低，除了對自己施加輔助魔法，與其用攻擊魔法攻擊敵人，直接開扁可以造成更高的傷害值。

玩家中也有把龍人族練成魔法師類職業的怪咖，葵娜曾偶然遇見聊過天。就她來看，那是布滿荊棘的挑戰。

葵娜迅速用【製作卷軸】做出卷軸，Xs接下後立刻把五點MP轉換成力量(STR)。

他都已經是等級超過600的龍人族，到底想在這個世界和什麼對戰啊？

只要不是白天碰到的任務頭目，大概沒人能傷害Xs了吧。這就是葵娜最直接的感想。

「庫歐路凱決定了嗎？」

「嗯～～就算妳說可以換其他東西，老……我也沒有全盤掌握所有技能啊。完全不知道有什麼。」

葵娜回想剛剛庫歐路凱的戰鬥方法，讓奇奇列出以敏捷或者靈巧為優先者可以使用的技能。

「從妳的攻擊方法來看，大概是提升攻擊速度的【戰鬥加速】或是讓自己不容易被打中的【幻覺】(Mirage)這些吧？前者是可以增加攻擊次數的技能，後者是可以創造出完全不同動作的分身來擾亂對手……」

「那老……我要【戰鬥加速】，那是魔法對吧？」

「總之先給妳單體輔助，【戰鬥加速Ⅱ】是施展在隊友身上的技能，等妳另外通過考驗後再給妳。」

庫歐路凱接過葵娜做出來的卷軸後立刻使用。

接著打開視窗閱讀解說後，開始確認使用方法。

「考驗」這個詞讓Xs露出極為不耐的表情，垂下肩膀。

「葵娜的樓塔啊……就我之前聽說的，似乎比其他樓塔輕鬆，現在在哪啊？」

「費爾斯凱洛的東北邊，靠近黑魯修沛盧的國境。現在其他樓塔也是我在管理，所以去費爾斯凱洛的競技場或黑魯修沛盧的月牙之城也可以。然後就是我接下來要去的龍宮城，啊，但月牙之城是奧普斯的樓塔，我不太建議啦。」

「呃，那個就是『惡意與殺意之館』啊……我之前看過，裡頭的陷阱和它的外觀完全對不上耶，不過為什麼是妳在管理？」

「噢，這個嘛……」

葵娜接著解釋技能大師管理的十三座樓塔的現狀。

當然也包含「發現樓塔的消息就能交換技能」的資訊。

庫歐路凱相當感興趣地聽她說這段話。

再怎麼說，在這個身邊沒有遊戲同伴的環境，遊戲的資訊就只能依靠登入後遇見的玩家了。

這兩年似乎都是靠Xs告訴她遊戲中的基本知識，但在這種狀況下，他們以活下去為最重要事項，所以Xs也沒告訴她遊戲更深入的資訊。

接著葵娜還告訴他們從孔拉爾那裡聽來的，關於朋友清單的神祕版本升級的事。

「這樣啊，或許我們可能在哪裡和玩家擦肩而過啊。但很遺憾，我的Xs是備用角色，對朋友這部分不怎麼上心，而庫歐路凱朋友似乎很少。」

「主人，請用。」

就在葵娜比手畫腳說明時，站在她背後的洛可希錄斯遞上一條濕毛巾。

葵娜等人此時才發現他們不知不覺已經恢復原本的音量。

葵娜朝自己的腿上一看，和露可惺忪的睡眼對上。

「…………嗯，唔……？」

「哎呀～～把妳吵醒了啊。」

葵娜手拍額頭，懊悔自己的失敗。

露可的眼睛逐漸對焦，邊眨眼邊起身。

但她搖搖晃晃的相當危險，再次靠在葵娜身上。

葵娜重新替露可披好毛毯，輕柔地抱起她放在自己腿上，只問了一句：「還好嗎？」

「…………嗯……」

只輕輕點頭回應的露可發現Xs和庫歐路凱坐在營火另一頭，眼睛看著兩人。

Xs「嗯嗯」地點頭，柔聲對她說：「妳可以繼續睡喔。」

不知道該怎麼與小女孩相處的庫歐路凱差點就要對她露出遺憾的表情，結果被Xs狠打一拳。

「妳是笨蛋嗎？別讓孩子看到這種沉悶的表情。」

「痛死了！你幹嘛突然打人啊！」

「庫歐路凱，淑女點、淑女點……」

「哎呀……你、你怎麼可以突然打人呢，太……太過分了喔。」

「「噗！」」

「……喂……」

洛可希錄斯從有【保溫】效果的小燒水壺倒牛奶到木杯裡，然後拿給露可。

露可茫然的視線環視在營火照映下寧靜的村莊。

重新認知現狀的眼睛模糊，葵娜看了不忍地緊緊抱住露可。

Xs站起身，走到在葵娜懷中不知所措的露可身邊。

「露可。」

「……唔。」

露可像要點頭回應和她對上眼的灰色龍人，回答越來越無力。

「葵娜說她可以收養妳，妳想怎麼辦？要自己留在村莊嗎？還是要跟我們一起走？」

女孩沉默了一會兒後，緩緩搖頭。

這個年紀自然已經可以理解失去父母的孩子不是靠自己活下去，就是餓死路邊。

如果這裡是大都市，或許辛苦一點還有辦法活下去，但在這離都市遙遠的漁村，只要走出去一步，就算遭受魔獸攻擊也不能有怨言。

而且這個村莊早已失去防禦魔獸攻擊的屏障。
露可坐立不安地轉頭看葵娜，彷彿在表示「麻煩妳了」，朝葵娜點了個頭。
葵娜微笑著緩緩點頭，跑到外面來的妖精妹妹也跟著在空中飛舞。
看來她正在表現歡欣之舞之類的東西。
「好乖好乖，我不會要求馬上，就讓我們成為家人吧，露可妹妹。回到費爾斯凱洛之後，我還有兩個兒子、一個女兒，黑魯修沛盧還有兩個孫子喔～～有機會再替妳介紹。」
「…………嗯。」
先不管面無表情地點頭的露可，回到營火對面的Ｘｓ全身僵硬直冒汗。
庫歐路凱看著一語不發的搭檔，一臉不可思議。
「怎麼了啊？Ｘｓ，你的臉色很差耶。」
「妳、妳有三個小孩和兩個孫子！妳是什麼時候結婚的啊！」
葵娜差點要把Ｘｓ凍成冰柱，但不好意思讓露可看見嚇人的場面，所以踩剎車忍住了。
妖精妹妹代替她輕飄飄地往前飛，朝Ｘｓ的鼻尖用力往上踢。
「呀！」
和妖精妹妹超級可愛的動作成對比，Ｘｓ摀著鼻子往後倒。
雙手環胸、鼓起雙頰的妖精妹妹彷彿說著「哼！」撥了撥頭髮後，回到葵娜的肩膀上。
Ｘｓ按著鼻子顫抖，經過好一段時間才眼眶泛淚地慢慢起身。

「啊啊啊好痛好痛……我、我還以為要死了……」

「她對你做了什麼？」

「我遭受從鼻子直接連結大腦的劇痛攻擊，等、等等，我道歉啦，好不好？我收回剛剛的話。」

後半段是向從葵娜肩膀上探出上半身威嚇的妖精妹妹道歉。

葵娜也搞不太清楚到底怎麼做才能帶給對方剛才那種痛楚。

雖然不清楚，但這是奧普斯留給她的東西，所以她想著大概也能辦到那種事吧。

「聽我說完到目前為止的過程應該能了解吧！孩子們是養子系統啦，孫子就是字面上的意思！」

「唔唔唔唔，抱歉，我想說得吐個槽才行啦。」

聽到舉起一隻手道歉的Ｘｓ的回答，葵娜露出相當不悅的表情。

「總覺得和我認識的塔爾塔羅斯的個性完全不同耶，其實那邊才是真面目嗎？」

「才不是咧，看到奶油乳酪那些成員也知道吧，在那種個性強烈的成員中，就算出頭也沒用。只要安靜點就不會被捲進無謂的騷動，那樣就夠了。」

Ｘｓ說的話確實有道理。

公會成員的確都是有些難相處的乖張人物。

當時的塔爾塔羅斯可是站在和睦地替大家仲裁的正常人的立場。

葵娜心想，就算是這樣也不需要挑這種時候坦白吧。

這是因為葵娜有自覺，自己當時的行動也相當亂來。

「是什麼……意思啊？」

只有聽不懂兩人在說什麼的庫歐路凱被丟在一旁。

「就是奶油乳酪裡全都是問題人物啦。」

「老……我也聽過一點傳言，聽說只要開始戰爭，有那個公會的陣營絕對有利。」

「為了聚集最強成員，就只能步上遊戲廢人這條路，而廢人就是一群極度不普通的傢伙的集團。」

Xs自嘲地回答歪頭不解的庫歐路凱的提問。

嗯，既然是成員之一，就表示塔爾塔羅斯也是個遊戲廢人。

他自己也很清楚不普通的理由吧。

葵娜只有在遊戲中才能擁有自由行動的身體，所以登入遊戲是最開心的事情。

奧普斯沒有全部坦白，他似乎是營運公司派來的玩家。

大概是徹底調查任務與系統，向營運商報告錯誤與不對勁的地方。

因此奧普斯知道很多祕技和漏洞。

他們很常被捲進與之相關的提議，葵娜記得自己也被迫做了很多不想做的事。

而公會的副會長還會大嘴巴說著沒人想知道的現實生活的事情。

她似乎在特種行業工作，所以白天會打著消磨時間的名義登入遊戲。

在男女老幼玩家交錯的一般城市裡，充滿臨場感地闡述寫實體驗，所以還有「行動悖德者」這個綽號。

最讓人搞不清真面目的就是公會長。

只要提到傍晚新聞的話題，他就會把出現在電視上的議員檔案以及「有侵犯隱私的嫌疑」的事情全部網羅。

還會滿不在乎地把要是送給媒體肯定會引起社會騷動的事說出口。

因為太危險了，「絕對不可以在他面前提到遊戲以外的真實世界的話題」是公會的絕對原則。

現在回想起來，連葵娜也覺得「根本沒有正常人」。

真虧全是這種怪人的公會竟然可以通過突破極限任務，這是最大的謎團。

葵娜也想，說不定大家骨子裡都很普通，但現在這個真相也沒人知道了。

露可把聊以前公會的話題聊得開心的三人擺一邊，在洛可希錄斯的協助下，拿麵包沾剩下的湯品，一點一點地把食物吃掉。

隔天早晨。

因為把斗篷、毛毯鋪在硬得要命的地面睡覺，Xs才剛起床就伸展僵硬的身體。

腳步沉重地做著廣播體操之類的東西。

「葵娜那可惡的傢伙，竟然自己睡暖呼呼的床。」

「哎呀，算了啦，那是我們不會的技能，也沒辦法啊。」

只有葵娜竟然從道具箱中拿出床，和露可一起睡在床上。

床是葵娜為了擺在邊境村莊的自己家，有空時一點一滴做出來的東西。

順帶一提，晚上守夜是以不眠不休工作為前提的洛可希錄斯，以及葵娜召喚出的兩公尺高的純黑貓頭鷹「夜之獵人（Night strix）」負責。

吃完早餐後，葵娜立刻說要潛入海中。

Xs自告奮勇留在海邊保護露可。

只不過，和主張「單純的調查委託卻變成兩個漁村滅村這糟糕透頂結果的事件，得盡早向各相關單位報告」的庫歐路凱意見分歧。

就在兩人差點吵起來時，葵娜趕緊勸架，提議「等這邊事情結束，我用魔法送你們回王都」才總算達成協議。

「對了，要怎麼用魔法送我們回去啊？呈放射線飛過去嗎？」

「不可能。」「怎麼可能？」

庫歐路凱這令人難以置信的發言讓Xs和葵娜都翻白眼擺出「這傢伙在說什麼蠢話？」

的無言表情。

「【瞬間移動魔法】也可以只送別人出去啦，只不過施術者也得知道目的地才行。送你們到黑魯修沛盧西門外可以嗎？」

「什麼？不是直接送我們進城喔？好痛！」

X_S狠揍庫歐路凱的頭一拳。

「妳這笨蛋！不知道會被誰看到，妳就突然出現在街上看看！在非法入城之前就會被當成惡魔使徒之類的，被關進大牢啦！」

雖然覺得只要不被發現，非法入城也無所謂，但施術的葵娜根本不可能知道可以突然出現在城裡的哪裡。

基於以上理由，便決定將X_S兩人送到王都外。

「在這之前，我快點去開放龍宮城，你可要好～～～～好照顧露可啊！」

「很恐怖，妳不要雙眼充血朝我逼近啦！妳家的管家也跟著，不用擔心啦。」

帶著可怕表情逼近X_S的葵娜瞬間換了表情，蹲在露可面前與她平視。

「對不起喔，露可妹妹，我有點事情要暫時離開，妳可以等我一下嗎？」

抓著洛可希錄斯褲子邊邊的露可面對瞬間移動到她面前的葵娜，慢了一拍才反應過來，輕輕點了頭。

「洛可希錄斯也是，露可就拜託你了喔。」

「在下會拚上性命……」「要是拚命，不就會讓露可看見悽慘的畫面！為了保護好露可，你絕對不能死。ＯＫ？」「……是、是的。」

葵娜用帶著壓迫感的眼神緊盯著洛可希錄斯，確認他點好幾次頭後，才端正自己幾乎要貼到他鼻尖的姿勢。

「已經變成女兒控了啊……」

沒發現Ｘｓ一臉厭煩地低語，葵娜朝召喚到岸邊的生物走去。

「妳的魔法或召喚獸有又硬又快又強等各種功能……為什麼挑這個啊？」

又長又藍的巨大生物趴在那兒，幾乎占據整個岸邊。

躲到洛可希錄斯身後的露可也對這首次見到的具威嚴的巨大身影嚇得睜大眼睛。

還是里亞德錄新手的庫歐路凱也是呆愣地張大嘴。

只有Ｘｓ和洛可希錄斯毫不動搖。

在葵娜身後的是全長近五十公尺的藍龍。

就在剛剛，葵娜用【召喚魔法：龍】召喚出最大等級的藍龍。

里亞德錄中的藍龍和褐龍一樣不會飛。

但牠如旗魚般的巨大背鰭從頭頂一路延伸到尾巴，顯示出藍龍水中專用的特性。

從鼻梁朝眼瞼上長的角很短，四肢粗壯，指間也有蹼。

乍看之下，牠的模樣彷彿流線型的鱷魚。

「老實說，我不會游泳啦。也就是沒辦法在水中行動，所以想抓著會游泳的東西走。」

葵娜驕傲大方地宣言吸盤魚游法，庫歐路凱無法理解地抱頭。

Xs無言地拍拍庫歐路凱的肩膀，笑著搖搖頭表示：「和她認真就輸了。」

在奶油乳酪中常被迫配合其他成員亂來的塔爾塔羅斯非常理解此時該如何自處。

也就是，笑著當沒這回事就好。

也因為已經事先換上「黑龍水衣」的葵娜惡狠狠地瞪了似乎有話要說的Xs，讓他慌忙閉上嘴。

葵娜摸摸露可的頭，然後抓住藍龍的角潛入海裡。

目送葵娜離去後，Xs叫住庫歐路凱。

當然是把露可交給洛可希錄斯照顧，離遠一點避免她聽見。

他們也沒疏忽警戒周遭。

葵娜召喚出的洛可希錄斯等級也有550，應該不會有什麼閃失。

「欸，妳覺得那艘幽靈船是從哪冒出來的啊？」

「……？不是從獲得技能的活動出來的嗎？」

庫歐路凱回以對玩家來說再理所當然不過的回答。

但這個回答要這裡是MMORPG遊戲中才成立。

「在連誘發獲得技能活動的NPC也不在的情況下？我記得遊戲中的活動也沒設計成

『毀滅兩個村莊』，那麼，那些傢伙是從哪冒出來的？如果是在交易航道上出現海盜的活動我也知道，但看葵娜那副模樣，幽靈船應該只在任務中出現。」

「這樣說來，這世界的所有人等級都低到爆……低得不得了對吧？野外怪獸比遊戲中少，會這樣也不難理解啦。但這件事不合常理耶。」

遊戲玩家的平均等級大約落在４００～６００之間。

等級超過９００的玩家大概不到所有玩家的５％。

也就是說，如果只是往來大部分區域，最高到等級６００也就夠了。

如果想要精進，一般來說就得前往被稱為「菁英地區」的天界魔界地圖，然後將等級練到極限。到了那種程度，就已經能確定是葵娜那種廢人等級了。

遊戲里亞德錄有著豐富的高難度部分，但也有非常多能和同伴們開心玩鬧的要素。

這一點也反映在任務活動上，像這次毀滅兩個村莊這類事後感覺不好的活動，就連塔爾塔羅斯練等時也很少碰到。

原本的幽靈船活動，只需要兩個等級４００的玩家就夠了。

這是聽葵娜說的。

「這個要一起報告嗎？」

「如果他們願意相信兩百年前的人所說的話。」

庫歐路凱是【種族：人類】，這段話毫無說服力。

如果負責人問她：「妳是怎麼活過兩百年的？」她根本無從答起。

「總之，就報告遭到幽靈船襲擊吧。」

「要是說了太天方夜譚的事，可能會被審議官叫去質問。他們老是重複問相同問題，我很不擅長應對啊。」

庫歐路凱揉著太陽穴，一臉嫌惡地看向黑魯修沛盧。

她曾經被捲入爵位爭奪的麻煩事，在結束後的偵訊調查見到審議官，她還記得他們不停重複一樣的問題，讓她無比厭煩。

「沒辦法，滅了兩個村莊非同小可。如果不讓高層知道這件事，我們辛苦也會白費。」

「說的也是，冒險者能做的事也有限。」

Xs聽著庫歐路凱回應，一邊看著海面，思考葵娜是否也非無所不能。

葵娜施展【水中呼吸】和【水中行動】魔法強化身體，抓住藍龍的角，潛到海底深處。

先不說【水中呼吸】，如果沒有【水中行動】，連要抓牢龍角都要費一番工夫。

這個技能是讓玩家水中行動與陸地無異的輔助魔法，沒有這個魔法，數值就會全部減半，戰鬥行動造成的傷害也會降到平常的十分之一以下。

對她來說，水中是未知的領域。

雖然她裝備了「黑龍水衣」，她也不確定是否為萬全準備。

藍龍的身影與其等級帶來的壓迫感，讓行進方向上的魚群等生物一哄而散。

多數魚的外型和地球上的魚相差不遠，種類繁多。

葵娜自己也沒有閒功夫四處張望。

因為沒能在村莊問到龍宮城的位置，只能並用【夜視】與【鷹眼】，一邊觀察守護者之戒的反應，專心尋找所在地。

偶爾讓藍龍停下來，把戒指朝各處擺，尋找發光的方向。

重複數回原始的探索方法後，在水深二十公尺不到的淺水區出現反應。

說起來，那是漁夫赤手空拳潛水就能找到的東西，葵娜完全疏忽了。

只因為「龍宮城」這個名詞就自以為是在深海，發現時的疲憊感無比巨大。

在讓周遭的光線變得深綠的珊瑚礁包圍的平原上，龍宮城就聳立其中。

外觀看起來像會在觀光地出現的醒目建築物，白色基座，而建築物部分是顯眼的紅。

大小約東京都心的獨棟房子，不可思議地小巧。

就葵娜所知，旁邊應該有凶暴怪獸之類的東西守護，但連個影子也沒看見。

『該不會那也是龍宮城的一部分吧？』

從奇奇的推測大致上察覺了。

因為魔力快要消磨殆盡，沒辦法召喚出防禦用的魔獸了吧。

藍龍捲起沙塵，在一旁的珊瑚礁上著地。

看珊瑚礁毫髮無傷的樣子，這大概也是龍宮城的一部分。

「藍龍，你去附近晃晃，看這邊有沒有人魚之鄉。」

藍龍眨眨眼當作回應後，扭動身體往被淺灘包圍的海底深處前進。

葵娜高揭發出粉紅光芒的戒指，大聲說出固定的關鍵句。

【守護亂世者啊！拯救墮落的世界脫離混沌吧！】

視野扭曲，通過從天而降的漩渦。

不久，葵娜被丟進一個寬敞的空間，發現降落地點不安穩後踩踩地面。

紅色中國風的室內一整片水，彷彿水池狀態。

水上漂著無數片能讓人坐在上面的大片圓形蓮葉。

葵娜就是降落在其中一片蓮葉上。

放眼望去，池塘中央突出一個人頭大小的花苞。

推測那應該是樓塔核心的葵娜將一半的ＭＰ注入其中。

等了一會兒，花瓣漸漸朝四方舒展，開出一朵淡粉紅的巨大蓮花。

「唉～～這才終於找到第三座啊……路途漫長啊。」

葵娜後悔著早知道會這樣，當初應該去問所有技能大師樓塔的位置。

現在說這些也無濟於事了。

她只知道至少有一個飄在空中，還有一個位於未開發地帶。而只知道這些就是最大的問題。

就在她思考著這些事的時候傳來水聲，一個鈴響般的可愛聲音從背後喊她。

「那個，請問是客人嗎～～？」

「啊啊，你是這裡的守護……者？」

因為才剛解決露可村莊的事，葵娜不小心忘了這個技能大師的興趣。

轉過頭的葵娜看見坐在她身後的人物容貌後啞口無言。

往外突出的嘴巴。

從光澤推斷，應該濕濕黏黏的皮膚。

在嘴巴後方往左右突出的濕潤雙眼。

黑色與金色交雜的巨大眼睛正凝視著她。

絕對稱不上纖細的圓滾滾身軀。

整齊併攏在下顎下方的前腳，以及折起來往左右伸展的後腳。

眼睛和眼睛之間擺著皇冠，似乎是玩具。

整體是亮粉紅，超級刺眼。

老實說，不想直視他的容貌。

葵娜把差點驚聲尖叫的意識全吞進肚子裡，在內心說服自己：

「他不是敵人、他不是敵人，是夥伴。」

老實說，如果沒有一點心理準備，第一次見面時就會用大型魔法把他打飛吧。

雖然確定守護者不會被魔法打飛啦……

這裡的守護者是個視線與葵娜等高的亮粉紅青蛙，大約牛隻大小。

葵娜別開視線避免直視他，聲音顫抖著一如往常應對。

「你、你就是這裡的守護者？」

「啊，對喔～～我是技能大師No.6的守護者～～」

「這、這樣啊……我是技能大師No.3的葵娜。或許是多管閒事，我是來重新啟動樓塔的。不是你原本的主人，真的很不好意思，你可以忍耐一下嗎？」

「別這樣說～～我想我家主人已經不會～～再來這邊了吧～～接下來請妳當我的主人，可以嗎～～？」

看守護者的反應，李奧德克似乎有對他說再也不會來這裡了。

對方可以在事情越說越複雜之前理解自己的意圖省得麻煩，真是太好了。

說話有點緩慢這點稍嫌美中不足，但李奧德克也是這樣說話。葵娜自言自語：大概是她的興趣吧。

亮粉色青蛙張開可以一口吞下一個人的大嘴，伸出軟嫩長舌，守護者之戒就放在舌頭前端。

再怎麼說，這都讓葵娜嚇得往後退一步，但她下定決心拿起戒指。

好險和外表不同，戒指並沒有黏黏地沾滿唾液，讓葵娜鬆了口氣。

「謝謝你，我就感激地收下了。詳情你就透過樓塔的通訊機能去問我家的壁畫吧。」

「我明白了～～」

之後，葵娜用藥水恢復ＭＰ，把ＭＰ注入核心到極限後，離開樓塔。

順帶一提，離開樓塔時出現在水面上，所以在藍龍找到葵娜並浮上來接她之前，她只能隨波逐流。而這就不為人所知了。

第三章 廢棄都市、女僕、移居和事業

葵娜辦完事情回到海邊後，露可第一個衝上前。
洛可希錄斯要避免露可弄濕，在那之前阻止她。
「現在靠近會弄濕，妳等等喔。」
利用變更裝備，一瞬間就把滴水的緊身衣造型的黑龍水衣變換成平常的裝備。
頭髮還是濕的，所以對自己施展【乾燥】與【清潔】魔法。
葵娜把自己弄乾淨之後才抱起露可。
接著命令從海浪間探出頭來沒有上岸的藍龍繼續去尋找人魚之鄉。
這附近應該沒有可以與藍龍為敵的威脅，只要沒有戰鬥行為，就可以好幾天不消失。
藍龍吼了一聲「嗷唔」後，咧嘴一笑潛入海中。
就算不在身邊，召喚獸和召喚者之間還是有聯繫，只要找到就會聯絡她。
「露可妹妹，我回來了，也謝謝洛可斯喔。」
「不會，這是在下應盡的職責。」
「……歡迎……回來。」
只聽這令人莞爾的對話，看起來真像一家人。
Xs和庫歐路凱苦笑著看三人走近。

「看來似乎是不需要擔心。龍宮城怎樣啊？有鯛魚、比目魚為妳熱舞嗎？」

「……喜歡亮粉紅青蛙的話可以帶走……」

「那什麼啊……？」

葵娜稍微鐵青著臉低語，庫歐路凱露出不可思議的表情。

「話說回來，原來也有那種魔法啊。感覺學那些魔法就能有各種方便耶。」

「看妳的反應，妳沒有解離線任務吧？」

簡單說明離線可獲得的技能後，庫歐路凱看向遠方乾笑。

看來她似乎連離線的存在也沒發現。

剛開始玩遊戲時的遊戲教學中絕對會說明，看庫歐路凱完全不知道的樣子，大概是全部跳過了吧。

離線任務中可獲得建立要塞之前的技能，所以很多與生活息息相關。

多數在實際遊戲中派不上用場，幾乎都是習得【技術技能】（Craft Skill）的先決條件。

反過來說，在離線任務中獲得的【技術技能】如果不透過離線模式，就算解完任務也拿不到。

「不管怎麼說，也謝謝你們兩個。」

「不用謝，沒發生什麼特別的事，露可也很乖。」

在等葵娜的這段時間，洛可希錄斯率先幫露可整理私人物品。

一些換洗衣物和雙親的遺物等。
但似乎只找到母親使用的圍裙，還有父親戴在手上的手環之類。
接著，在庫歐路凱的堅持下，替他們做了墳墓。
在村莊邊緣的小屋附近堆疊石頭當作集體墓碑。
「不覺得很像賽之河原嗎？」
「妳以為有辦法做出墓碑嗎？」
「如果是葵娜……不，這種時候就是一種心意。」
包含露可在內，五個人一起合掌。
「我會好好照顧你們的女兒，請你們安心。」
「……媽～～媽……爸、爸。謝、謝你、們。」
「……」
「對不起，沒能救你們。」
「南無阿彌陀佛……」
各自說出心裡話，然後離開村莊。
在離村莊一段距離後，葵娜把不捨地看著村莊的露可交給洛可希錄斯照顧，和Xs兩人互相登錄朋友。
「這才終於有四個玩家。」

「我們這邊可是只有妳一個人耶。」

葵娜頂多嘆氣，庫歐路凱則是沮喪得無力地垂頭喪氣。

Xs立刻打開指令畫面，手指忙碌地動來動去檢視各個視窗的功能。

個人的視窗連其他玩家也沒那麼容易可以看見。

所以Xs的動作看起來就像在空中打空氣鍵盤。

「嗯～～就算只是擦肩而過，我也沒碰過其他玩家。」

「Xs都這樣說了，那我應該也沒有。」

看見Xs摸著下巴一臉嚴肅說話的樣子，庫歐路凱聳聳肩表示自己也沒轍。

「哎呀，你們應該比我常到各處流浪，要是發現誰再告訴我吧。」

「妳明明也是冒險者。」

「不好意思，我有了露可這個需要扶養的家人，暫時會留在邊境村莊一段時間。」

葵娜說了照顧自己良多的村莊的事情後，Xs沒有任何抱怨，立刻閉嘴不說話。

似乎是提到露可讓他多有顧慮，所以沒辦法說得太強硬。

總之，就照原先的預定送兩人回黑魯修沛盧。

「那麼，我送你們過去嘍～～」

「你們要怎麼辦啊？」

「隨便慢慢走啦，帶著露可也沒辦法用【瞬間移動】，反正只是三天路程而已。」

「說明時可能得提到妳的名字，可以嗎？」

「是無所謂，但要用我的名字時稍微注意一點喔。」

「什麼？」

如果是關於魚貨流通，商人公會可能也知道這件事了。

萬一傳進凱利克耳中，他可能會強出頭。

雖然對不起Xs，如果真的發展成那樣，就請他盡情品嘗「商人公會高層」凱利克的招待吧——葵娜邊想邊啟動魔法。

使用的是【瞬間移動】應用版，只對他人有效的【瞬間傳送】。

這是無視當事人意願，把對方送到其他地點的魔法，所以最常看見想獨占狩獵場的人用來排除闖入的人。

再來就是在受歡迎的獵場中，為了得到敵人而使用。

而奧普斯等人想出來的，會在戰爭中把散發臭氣的蟲怪丟到敵人陣營正中央，這就是單純的找碴了。

只不過，僅限於施術者等級大於被施術者時，才可以無視當事者意願啟動。

除此之外要用這個魔法，就需要獲得被施術者的同意，所以各國都有專門傳送的玩家。

黑色簾幕從兩人腳邊升起，覆蓋住兩人。

朝露可輕輕揮手的庫歐路凱和Xs的身影突然當場消失。

葵娜摸摸有點不捨的露可的頭，蹲下來與她平視，對她微笑想讓她打起精神。

「好！那露可就和我一起走吧。把Xs那兩人丟著不管也沒問題，將來還有機會在哪裡見面啦。」

「……嗯。」

臉頰染紅的露可輕輕點頭，畏怯地主動握住葵娜的手。

這溫暖的畫面讓洛可希錄斯也自然地露出微笑。

就這樣，在兩人邁步前進後，他也隔著一步之遙跟在兩人身後。

只不過還沒走到半天，葵娜就在街道途中叫出召喚獸。

她覺得要還是個孩子的露可徒步旅行太吃力了。

召喚出來的是大小可與緋紅豬小嗶匹敵的斯雷普尼爾（八腳馬）。

威風凜凜的他咬起露可的頭髮咀嚼當作打招呼，是相當調皮親人的動作。

但立刻惹得露可嚎啕大哭，所以被葵娜怒罵了。

有點沮喪的斯雷普尼爾小心為上地前進，隔天中午左右抵達費爾斯凱洛，得到葵娜的一番誇讚之後就消失身影了。

歐泰羅克斯。

這是一個被茂密森林覆蓋，難以想像過去一半國土為沙漠的國家。

王城是過去在此地風華一時的公會建造的城堡。

過去玩家建造的公會建築不論西式還是日式，都以城堡居多，現在殘存的也被當成王城或貴族的宅邸使用。

歐泰羅克斯城的基座被綠意埋沒，給人彷彿森林一部分的印象。

可說被巨木埋沒，也可說是與巨木共生的外觀。

藤蔓與枝葉也入侵城堡內，但住在城堡內的人沒感到任何不便。

因為把大自然與國家獨有的魔法技術融合後，植物也成為可以排除危險的士兵了。

許多擁有和高等精靈族一樣可和植物溝通的技能的人在此工作，可以從和城堡融為一體的樹木身上獲得資訊幫忙警備。

類似城下町的城市是在樹上發展，利用大樹之間的吊橋四通八達。

人民在樹幹或是樹枝上蓋房子，除了矮人族工匠，只有一小部分的人住在地面。

在樹上生活的人不只精靈族，還有人類以及與眾不同的矮人族。

和其他城市相同，也有貓人族與龍人族。

在王城的謁見大廳。

以統治歐泰羅克斯長達兩百年的女王薩哈拉謝德為首，與政治有關的人物齊聚一堂。

為了仔細斟酌暗衛帶回來的消息，也為了完成國家在這塊大陸上負的任務。

前來謁見的是只為了和葵娜取得聯繫而派遣到其他兩國的庫洛夫等三人。

他們分別前往費爾斯凱洛王都、黑魯修沛盧王都以及邊境村莊，看誰在哪裡遇到葵娜，就負責與葵娜交涉。

而庫洛夫帶回葵娜的答覆就是「否」一個字。

「這樣啊——……」

一頭及腰黑髮，只有瀏海的一部分偏藍，女王薩哈拉謝德一邊玩自己的頭髮，不專心地回應庫洛夫的報告。

和葵娜不同，女王充滿成熟女性魅力的舉止有著吸引眾人的要素。

先別說女王，許多臣子都認為只憑「葵娜」這個名字就判斷是本人也太過急躁。

而那幾乎都是短命種族的貴族。

從他們和身邊的人議論的情況以及他們的談話，可以聽見「來路不明的血親」或是「有篡位的可能性」等蠻不講理的話。

女王薩拉哈謝德一臉不在意地當耳邊風，但站在她左右的騎士團長與宰相額冒青筋。

憤怒當然是原因之一，但八成的理由是「要是惹怒超越者會帶來極大損傷」。

擔任騎士團長的是超過三百歲的魔人族年輕人。

他在兩百年前曾經親眼見過被稱為超越者的家人單槍匹馬達成偉業的光景。

前鋒型近身戰職業的那位人物在敵軍躲在要塞內時，才往前踏出一步就大劍一揮。

靠一招劍擊就把敵軍連同要塞一刀兩斷。

如果是擁有相同力量的人，那他也能理解女王口中所說的事情。

擔任宰相的年老矮人在他漫長的一生當中，曾經見過僅僅兩位超越者一瞬殺光滿布整片平原的魔獸，所以和騎士團長持相同意見。

「只因為女王偏袒自己的家人就邀請一個身分不明的冒險者來王宮工作，我深感不妥。這類事情不事先和我們商量可不行啊。」

「就是說啊，找來沒實力的人到我們國家，我不認為能帶來什麼利益。」

「而且也不能保證來者不會危害女王。」

文官中，特別是來自公爵與伯爵家的人講話特別刻薄。

女王完全不當一回事，充耳不聞。

庫洛夫以有些瞧不起的視線看著他們，騎士團長用眼神示意他繼續說下去。

「不用擔心，我已經測試過她的實力。我妹妹完全無法招架的強大，讓我深感佩服。」

負責守衛房間的騎士與士兵紛紛發出「喔～～」以及「什麼！」等驚嘆聲。

庫洛菲亞雖然有點盛氣凌人且說話難聽，但騎士團也對她的實力有高等評價。

連庫洛菲亞這將來大有前途的人也無法招架。「到底是怎樣超規格的人物啊？」身為武職人員，大家都投以充滿興趣的視線。

在國內也被公認為強者的庫洛夫認可的人物，且庫洛夫的發言可解釋為「他自己也不是對手」，挖苦的文官立刻閉上嘴，縮起身子。

看完臣子們這一連串互動的女王維持無比慵懶的姿勢，改蹺起另一隻腳。

完全看不出是王族在臣子面前該有的態度，但也沒人勸戒她的行為。

這也是此處上下關係再清楚不過的證據。

而宰相與騎士團長沒斥責女王，不僅是這個原因。

看見兩人嚴肅表情的諸侯們腰桿也打得更直了。

「哎呀，得到我預料中的結果真讓我開心，辛苦了。」

「是的，承蒙女王致謝，那麼請恕我先行告退。」

自己的任務已達成，庫洛夫等暗衛們一鞠躬後離開。

和他們交錯走進謁見大廳的是身穿紅銅色長袍的一行人。

領頭的精靈是這個國家的宮廷魔術師長，後面是他帶來的兩個人類部下。

三人在距離王座遙遠處跪地，朝女王低下頭。

薩哈拉謝德女王誇張地點頭後，只有魔術師長站起身，攤開拿來的卷軸。

「那件事情的觀測結果已經出爐了。」

「說吧。」

不知為何，謁見大廳在這一瞬間悄然寂靜。

原本竊竊私語的文官們也側耳傾聽，不想錯過這個報告。

「從結論來說，與上次的測量相較，狀況變得更加不妙了。」

「……這樣……啊。」

帶著失去感情的表情，女王只能擠出這句話。

站在兩旁的宰相與騎士團長臉上頓失血色，嚥了口水。

過去曾經有個褐國名為褐金究木。

兩百年前，在那裡發生了現世者無從得知的事件，而開始被喚作「廢棄都市」。

在三國成立時，神明將今後的世界不需要的有害之物全部塞進廢棄都市。

神明以那個「廢棄都市」為中心，布下牢固的結界。

……傳承中是如此記載。

實際上，薩哈拉謝德應該親眼看見那件事，但她沒有當時的記憶。

當時她向黑魯修沛盧與費爾斯凱洛的首任國王確認過，他們也同樣沒有記憶。

而在經過兩百年的歲月後，問題發生了。

歐泰羅克斯身負監視「廢棄都市」的任務，從這幾年的觀測中發現結界已經開始出現破損。

不知該對「神明的力量只能維持兩百年」抱持疑問，還是該對封印其中的東西力量有多強大感到畏懼……

「不管如何，都應該向其他國家請求協助了……」

「這也沒辦法，封印其中的東西，就算外表矮小也擁有驚人的實力。」

矮人宰相用力點頭。

即使會被人嘲笑沒用，過去曾發生從裡面跑出來的魔獸將騎士部隊逼到差點全軍覆沒的事件。

對手只是六隻哥布林，一開始他們還認為只需要一隊騎士便可解決。

但一實際對戰，六隻哥布林攜手合作，輕易瓦解騎士隊的攻勢。

如果沒有恰巧經過的人物出手幫忙，應該會出現死者吧。

聽說來者是高大的魔人，打敗哥布林後就迅速離去。

「出手幫忙的那名人物呢？」

「關於這個，那位人物似乎連冒險者也不是，沒辦法追蹤到他的行蹤。」

宰相這句話讓騎士團長皺起眉頭。

對方救了他重要的屬下，但他連句道謝也沒機會說，這真是太遺憾了。

而費爾斯凱洛就緊連問題的廢棄都市，所以也無法置身事外。

問題是沒有直接關係的黑魯修沛盧。

與建國當時不同，商人聯盟發言的力量遠比王家強大，所以不容易取得他們的協助。

宰相和女王商量起寄往各國的文件該怎麼書寫，騎士團長要他們晚點再談，接著詢問魔術師長另一件掛心的事。

「那個……從海邊跑掉的魔物船之後如何了？」

「啊啊，那傢伙啊，我有讓手下去追蹤，那東西毀滅了黑魯修沛盧領地內的漁村後，在費爾斯凱洛的漁村被冒險者討伐了。聽說女王的阿姨閣下也是其中一人。」

「哎呀，沒想到竟然勞煩葵娜阿姨出手了……應該有事先寄送警告信件到兩國去吧？」

女王等人心想：應該有事前做好應對的餘裕吧。

恰巧在同一個時間點，費爾斯凱洛與黑魯修沛盧的騎士團一起去討伐盜賊團。

警告信件寄達時，騎士團已經離開王都，所以國家也束手無策。

以上是歐泰羅克斯的見解。

「還有，根據我方使者得到的資訊，女王的阿姨閣下似乎有喚醒『守護者之塔』這東西的使命，如果我們在這件事上提供協助，或許這次廢棄都市的事情也能獲得她的回報吧？」

「這樣說起來，葵娜阿姨是守護者（技能大師）啊，聽說過去有十三位，其他人在現世是上哪裡去了呢……」

這個暗衛不只確認了洛可希錄斯，也確認了葵娜的精靈存在。

葵娜自己平常就有阿蓋得派出的暗衛跟著，所以精靈似乎判斷他沒有惡意。

但洛可希錄斯並不以為然，在夜間露宿時用「和善的態度」把暗衛趕走了。

然而他只對葵娜報告「什麼事情也沒有」。

會議在那之後互相報告一些細微聯絡事項後便結束了。

目送官員們離開謁見大廳，薩哈拉謝德也讓近衛們退下，才終於放鬆身體。

接著滑下王座，攤坐在地毯上。
她嘆了一口疲憊透頂的氣，留下來的騎士團長、宰相和魔術師長看著她苦笑。
「陛下，我很了解您的心情，但您這樣太不像樣了喔。」
「盡是增加重大問題，真討厭。不知道阿姨能不能來幫幫忙啊……」
「聽傳言還以為她是位相當殘酷的人物，但聽庫洛夫的報告，她似乎是相當自由自在不受拘束的人呢。」
「阿姨根本沒有身為高等精靈的自覺，一下就能和市井小民打成一片，一種不知道把威嚴丟去哪的感覺。」
比起擔心，更接近母親斥責孩子的心情。
這不知誰年紀比較大的發言讓宰相等人噴笑。
但立刻換上認真表情互視點頭。
魔術師長繼續監視廢棄都市；騎士團長強化軍備；宰相和女王要祕密與各國聯絡，大家分頭展開行動。
「陛下，休息時間結束，您和我一起去寫信吧。」
「要是和帥哥一起就好了……」
「那麼，我從騎士團挑個養眼的人過來吧？」
「……開玩笑的啦，騎士團長請專注在自己的工作上！」

◆

同一時期的費爾斯凱洛。
位於王城至高處尖塔上的露臺。
國王、宰相阿蓋得以及大司祭斯卡魯格。
公主梅伊——梅伊麗奈・爾斯凱洛圍著圓桌而坐。
這裡雖然很高，但不需要在意風。
這個城堡過去也是某個公會的所有物。
這公會的成員會使用多出來的付費點數來維持城堡外觀，這是他們的興趣。
因此施加在城堡上的結界現在仍正常運作。
「從商人公會收到報告時，我還以為是什麼呢……」
「這份報告證實了在此之前從歐泰羅克斯送來的文件內容啊。」
國王看著桌上兩份文件，露出嚴肅的表情。
阿蓋得則是對其中一份文件記載著國家也不知該如何對待的人的名字而皺起眉頭。
以私人身分來往，她是位相當直爽的人，如果要以國家要職者接觸她就得相當慎重。
而親屬斯卡魯格也收斂起「平時的古怪行為」，一臉思索地看著歐泰羅克斯送過來的文件。

幾乎讓梅伊麗奈擔心地開口問：

「那、那個，斯卡魯格大人，您怎麼了嗎？」

「噢，沒什麼，國王，關於廢棄都市，歐泰羅克斯有提出支援的要求嗎？」

「沒有，這次的通知是警告從海邊來的威脅，關於廢棄都市的狀況，他們應該比我國更清楚。大司祭閣下對廢棄都市有什麼了解嗎？」

基本上，一般人幾乎不清楚被稱為廢棄都市的那個地方。

頂多從神話知道那是個神明封印惡意存在的地點，甚至還有人認為廢棄都市是「實際上不存在」的場所。

而國家高層頂多知道廢棄都市實際存在，以及其確切位置。

褐國褐金究木的部分領土就是現在費爾斯凱洛西側部分，但首都位於更南邊。

已經確定那位於現在的費爾斯凱洛西南方，歐泰羅克斯西邊。

乍看之下是臨海的斷崖絕壁之處。

因為有強力阻撓知覺的結界包覆，沒有人想靠近。

包含城市的痕跡，全被封印在結界當中，一般人連有結界也無法察覺吧。

那之中似乎「封印著惡意」。

只有這句話流傳下來，誰也沒有手段加以確認。

在結界產生破損，親眼看見從裡面跑出來的東西時，人們第一次知道其威脅有多大。

如果玩家知道這一連串的事情，應該會做出不同判斷吧。

斯卡魯格確實是與「玩家」葵娜有關的人，但他同時身兼國家要職。

不能因為對方是母親就隨隨便便把三國的機密資訊洩漏出去。

但他也認為如果想借用誰的智慧，母親是最佳人選。

因為她本人明示自己不想和國家扯上關係，所以絕對不能說明情況然後找她商量。

就斯卡魯格所知，其他適當的人選就是……

「……等騎士團長回來後，問問他的意見比較好吧。」

「問那傢伙？他似乎不太適合這種動腦的工作耶。」

雖然是本人不在場才這樣說，但阿蓋得這過分的發言讓國王和斯卡魯格苦笑。

斯卡魯格靠過去見聞的資訊判斷，也想著之後再向本人道歉就好，在此丟出了爆炸性發言。

「閃靈賽巴閣下和母親大人同樣是兩百年前的人喔。」

「……你說什麼！」

「！……是的，我以前不小心聽到，他在大戰中和母親大人是同志。」

阿蓋得宰相的反應超越斯卡魯格預想的震驚，他內心感到焦急，擔心自己該不會失言了吧。

但斯卡魯格沒表現出來，牙齒「鏘唧～～」地發亮，表情擔憂地若無其事繼續說。

同為玩家這點是沒錯，但就所屬國家來看，正確來說他們兩人互為敵人。

這是連斯卡魯格也不知道的消息。

更正確地說，是被強力魔法打得落花流水的單方面的敵人。

但他們本人都認為那是遊戲時的事，分得很清楚，所以毫無怨恨。

「父親大人，就算如此，也不代表只要質問閃靈賽巴閣下一人就足夠。與建國前各種事情相關的資訊會造成國家混亂，我和葵娜閣下共同行動後理解，她所使用的技術遠遠超出現今世界的規格。」

「不，梅伊麗奈公主……母親大人的存在是走私品嗎……」

「真要說起來，比較像惡劣又可愛的棄養犬吧……」

就在國王與宰相詳細討論該怎麼問騎士團長時，斯卡魯格點頭同意梅伊麗奈說的再正確不過。

他們自己也是如此，只要與葵娜親近後，不管是誰都會想要寵她。

他們兩人談論葵娜談得相當投機，梅伊麗奈在心中流下開心的淚水。

但她的戀情似乎還要很久才能開花結果。

而在黑魯修沛盧，某種意義上來說正因為不知該如何對待玩家而困擾。

「他在那之後的狀況如何呢？」

「啊，這不是凱利娜大人嘛。」

凱利娜來到強制罪犯工作的礦山，向幾個看守矮人詢問那個人的動態。

不用說，就是外祖母葵娜抓到的魔人族頭目。

根據守衛報告，他在那之後完全收斂起戾氣，無比認真地揮動十字鎬。

但晚上偶爾會在囚犯宿舍裡呻吟、啜泣。

根本無法想像是做出那種凶惡行徑的人。

共同派遣出去的騎士團尚未回來，但從先行送回來的報告中得知他的行為相當殘暴。

這是殲滅霸占要塞的盜賊團、盤問殘存者、搜索要塞後得到的資訊。

至少超過一百個旅行者、商人以及冒險者成為頭目的受害者。

報告中也提到有簡潔地向費爾斯凱洛騎士團長的銀龍人（閃靈賽巴）說明抓到頭目的過程。

令人驚訝的是，他似乎認識外祖母，且對整個過程沒有任何疑問。

只不過，他一聽見頭目的目的是為了「練等」的「獵殺玩家」，就顯得相當心神不寧。

凱利娜特地前來詢問收監的頭目動向以及平時言行的理由，就得講到日前外祖母突然造訪時談過的話。

雖然不小心把頭目的處分洩漏出去，但外祖母和凱利克討論的議題是完全不同的事。

凱利克創建的商人公會其實有表裡兩種機能。

省略細節後說明，檯面上的機能就是掌握各國的流通網絡、調整商品價格以及建構流通路線。

而檯面下是讓進出王家的商人（手下）取得國家間的機密資訊，接著交給凱利克統整，然後把資訊賣到適當的地方。

他當然會慎選買賣對象。

大多都是國家或關係密切的貴族，以及自己的家人。

所以他當然也掌握了發生在歐泰羅克斯，與廢棄都市有關的騷動。

雖然還沒掌握國家如何應對，但他認為最糟的狀況可能需要結合三國的戰力。

關於那邊發生的騷動如下——

六隻哥布林從廢棄都市的結界逃脫，跑去攻擊商隊。

幾個人好不容易逃出生天，因此傳進騎士團耳中。

而問題最大的威脅是在這之後，前往討伐的騎士團五十餘人被僅僅六隻哥布林逼到將近全軍覆沒的狀況。

幸好當時有一位強者跑過來，解救了騎士團的困境。

凱利克推測那個人應該有著與外祖母相似的境遇。

凱利克判斷想解決廢棄都市問題就需要戰力，所以偷偷計劃著有沒有辦法用特赦的方法釋放頭目，讓他加入黑魯修沛盧騎士團。

雖然一下就被打倒，但凱利克對他能與葵娜對打的實力給予評價。

問題在於頭目的人格。

有人對「本人痛哭流涕，相當後悔自己的行為」這個報告質疑。

簡單來說，他的自白書上有許多看不懂的單字，負責偵訊的人還把他當成異常者。

「獵殺玩家」、「練等」、「登出」等，完全搞不懂是什麼暗號。

好險當事人相當順從這邊的意見。告訴他這是為了讓他贖罪，他應該願意遵從吧。

◆

抵達費爾斯凱洛後立刻決定好住宿地點。

是可以讓家人一起住，價位有點高的地方。

大概是洛可希錄斯一副管家樣，他們還被誤會成微服外出的貴族。

在房間裡的浴室把露可洗乾淨，打點服裝儀容。

和洛可希錄斯一起替不知所措的露可洗澡、梳頭，接著用【製作衣服】做衣服。

老實說，葵娜只知道病人服和堂姊妹來探望她時穿的衣服而已。

看見技能樣板中有幾個種類可以選，葵娜鬆了一口氣。

只是替露可換上幾乎沒有裝飾的純白連身裙，她就像換了一個人，變得超可愛。
當事人對穿在自己身上的衣服提心吊膽，吃飯時也非常小心，怕弄髒。
在洛可希錄斯勤快地照顧露可時，葵娜喚醒沉默的奇奇。
「奇奇，你幫我列幾個技能出來。」
『Yes sir。』
「只是為了獲得，但幾乎沒用過的造型物製作技能和道具製作，還有可以長期保存的食物或飲料之類。」
『可以用來買賣賺取生活費的東西對吧？我了解了。』
露可現在才看鏡子確認自己的模樣，對看起來像千金小姐的外表嚇得張大嘴。
「露可小姐，非常適合您喔。」
「…………小、小姐？我、不是……」
「不，您已經變成主人的女兒了，所以您就是小姐。」
露可看不見的妖精妹妹也在她身邊飛來飛去，開心地鼓掌。
雖然覺得沒辦法被看見很可憐，但妖精妹妹也很開心，大概沒關係吧。
「首先得介紹給斯卡魯格吧？露可妹妹，妳可能很累了，但可以再陪我一下下嗎？」
葵娜帶著露可前往教堂。
怕露可在人多的主要大道上會迷路，所以沒牽手，而是抱著她走。

洛可希錄斯護衛雙手都沒空的主人，還有嚴正戒備後方，跟著兩人走。

冒險者女性、被她抱在手上的小孩，以及跟在後方的管家，相當怪異的一行人。

露可大概覺得這麼多種族交錯來往的地方很新鮮，從剛剛開始就不停把頭左擺、右擺，到處看。

有時會小聲問：「那是……什麼？」葵娜會停下腳步回答她。

「那邊是市場，有很多食材的地方。這個是艾吉得大河，付船費就可以渡河。那個是群眾共乘的船，那邊是運送貨物的船。我們現在要去的就是河中沙洲——那條河正中央的白色建築物喔～～」

抵達河中沙洲到教堂前時，露可甚至抬頭看傻了眼。

聽說漁村裡根本沒有教堂，只有旅行的神官偶爾會造訪。

走進教堂後，露可就對天花板的高度看昏了眼，站在彩繪玻璃前動彈不得。

看見柱子上雕刻的女神像，還躲到葵娜身後。

葵娜見露可從頭到尾震撼的模樣，莞爾地一路笑咪咪的。

「主人，您是否忘記目的了呢？」

「哎呀，糟了。」

葵娜數度造訪也讓她和修女長變得很熟，她問修女長能不能見到兒子。

正好剛從會議回來的斯卡魯格聽到報告後，立刻邀請葵娜進自己的辦公室。

因為事前已在王城的會議中聽過報告，他一見到帶著孩子的葵娜，立刻擺出領悟一切的表情點頭。

「幹嘛突然看著我點頭啊？」

「沒有，真不愧是我們母親大人閣下，這個小女孩就是我們的新妹妹（家人）對吧？」

斯卡魯格已經從商人公會那裡送過來的Ｘｓ報告中得知漁村裡發生的事件。

也早已掌握有個小孩倖存，以及葵娜收養這孩子等等，事到如今根本沒任何疑問。

身上纏繞著「閃亮光芒」的斯卡魯格朝露可眨眼，拋出「星星飛舞」，接著擺出張開雙手的誇張姿勢。

斯卡魯格彷彿就站在聚光燈下。

「讓我鄭重地歡迎妳吧！小姑娘，歡迎成為我們的家人！」

斯卡魯格對這令他得意的款待歡迎感到自豪，但露可心裡相當畏懼，泫然欲泣地躲到葵娜身後。

「……」

大概是第一次看見這種誇張畫面，洛可希錄斯也啞口無言。

「斯　卡　魯　格　？」

葵娜身後出現「轟轟轟轟」的擬聲效果，全身散發箭刺般的殺氣。在她的銳利視線狠瞪下，斯卡魯格縮起身體，白了一張臉，把效果收起來後慌張地平伏在地。

「母親大人閣下，真的非常不好意思！」

葵娜「哎呀呀」地嘆氣後，解開威嚇安撫露可，重新向她介紹自己的兒子。

「那麼，露可妹妹，這是我的兒子，名叫斯卡魯格。妳把他當成一個雖然身居高職，但只給人留下愛用效果的印象的可憐變態哥哥就好了。」

「是……是啊是啊，嗚哇啊～～」

他給露可留下最糟糕的印象，所以只得到母親損人的介紹。斯卡魯格對此留下滂沱淚水，跌坐在地。

不管誰來看都覺得他是自作自受。

葵娜擦拭露可哭泣的臉龐，安撫她之後她終於冷靜下來，膽怯地從葵娜身後探出頭，朝斯卡魯格點了頭。

從母親的威嚇下被解放的斯卡魯格蹲下與露可平視，微笑著打招呼：「請多指教喔。」

「你一開始只說這句話不就好了嗎？」

「但是啊，母親大人閣下，那樣才是我這個人的證明啊。」

「給我把那種自我認同丟掉。」

洛可希錄斯服侍著露可，她小口小口地品嚐斯卡魯格端上來的紅茶與餅乾。

「先不管那些了。我聽到報告了，我想應該沒問題，請問商人公會的報告有誤嗎？」

「我不知道Xs他們是怎麼報告的，你又是從黑魯修沛盧那邊聽到了什麼，不過大致上就是那種感覺吧。」

因為露可在一旁，葵娜沒提及漁村的話題，只提到了是否可信。

現場一片沉默，只聽得見露可吃餅乾的聲音。而這片沉默被斯卡魯格一句「我明白了」打破。

就算提及與政治有關的話題也對葵娜沒有益處。既然讓他們兄妹見面了，接著就談下一件事。

「那麼，斯卡魯格，我接下來會住在邊境村莊，你有事再去那裡聯絡我吧。」

「我已經聽梅梅提過了，沒想到是真的啊……那麼讓我到那邊設立分神殿吧！」

「你不用來。」

斯卡魯格興高采烈的提議被葵娜一口回絕，他意志消沉地垂頭喪氣。

葵娜苦笑著拍拍斯卡魯格的肩膀，對他說「改天見」之後離開了教堂。

「真是的，他一得意忘形就會變成那樣。」

「……原來如此，那是主人的兒子啊。」

看見葵娜碎唸抱怨，洛可希錄斯似乎領悟了什麼，理解地點點頭。

葵娜接下來朝卡達茲的工坊前進。

她是為了去拿先前訂購的木材。

看見堆積如山，已經加工完畢的大量木材瞬間消失得無影無蹤，工坊員工嚇得下巴都掉下來了。

「好了好了，有了這些，要蓋一兩間房子都沒問題，卡達茲，謝啦。」

「不用謝，小事啦。這小女孩就是我們的妹妹嗎？」

「消息傳得真快耶……啊～是【心電感應】啊。」

明明才見完斯卡魯格，卡達茲卻已經知悉所有事情，這讓葵娜感到困惑。

但立刻就想到兄弟之間聯絡消息用的技能，並拍了一下手。

卡達茲蹲下和露可平視，舉起單手簡單說了：「請多指教嘍。」

自從露可見到Xs時以來，這是她第一次露出笑容，並且點了頭。

她用細小的聲音說：「請、你……多、多、指……教。」卡達茲沒有多說什麼，溫柔地摸摸她的頭。

其實葵娜心裡偷偷害怕長相恐怖的矮人大叔會嚇到露可。這件事就要保密了。

「嗯嗯，真不愧是卡達茲，和斯卡魯格不同，給人印象真好。這就是薑是老的辣嗎？露可妹妹，這是我的小兒子，名叫卡達茲，是妳的二哥喔。」

「老媽明明比我老啊……妳不去跟老姊介紹嗎？」

「梅梅那邊（學院）人多啊，而且我之前已經把事情說完了，想說就算了。」

雙手環胸思索的卡達茲突然露出苦笑說：「老姊在哭了耶。」

似乎立刻透過【心電感應】傳話了。

「你告訴她別翹班過來。」

「老姊也真是多災多難。然後，這位小哥是第一次見到耶。」

卡達茲直到現在才把視線轉向站在後方的洛可希錄斯。

「這是我的召喚管家，幫了我很多忙呢～～」

「老媽的召喚魔法還能叫出管家啊！太令人驚訝了。」

葵娜和頻頻表示佩服的卡達茲道別，揹著累得開始打瞌睡的露可。

帶著露可渡河回到旅店，把她放在床上。

「我去找個旅行的移動手段，露可就拜託你嘍。」

「是的，請交給在下。」

把露可交給洛可希錄斯後，葵娜再次上街。

為了購買前往村莊的馬車。

「沒辦法和露可組隊的情況下，就沒辦法用【瞬間移動】直接抵達村莊啊。」

葵娜已經從系統畫面上確認可以將洛可希錄斯加入小隊成員。

上面沒有露可的名字，也不知道能不能帶她一起移動。

和阿比塔的傭兵團一起行動時可以對整團施加魔法，所以大概是沒問題吧。

但葵娜感到有些不安，決定還是正常走街道好了。

她也想著順便把物資搬過去，試試看有沒有辦法賺點錢。

候補名單中能用的技能有做給ＮＰＣ使用，連沒等級的人也能裝備的裝飾品製作技能。
還有釀造威士忌&啤酒的技能。
然後就是已經有實際銷售成績的佛像製作。
奇奇從技能中找出來的只有這些。
『以上。』
「辛苦你了，這需要購買大量小麥，然後就是寶石工藝品之類的吧？」
本來的製造方法是要讓麥子發芽，接著利用麥芽中的酵素使澱粉糖化，過濾得到麥汁後再用酵母發酵。
但只要使用【技術技能】，根本不需要繁複步驟。
只要有水和小麥，兩種酒都能大量生產。
與其煩惱，倒不如實際試看看。葵娜決定後，前往市場購買大量小麥，又把市場的人嚇破膽。
而寶石則是選擇從地裡挖掘，而非購買。
【召喚獸】裡有種全長六十公尺的巨大甲殼蠕蟲，叫作寶石蠕蟲。這種蟲有把地底含寶石的礦物拿回巢穴中的習性。
只要隨便往附近的地底丟，牠大概就會去尋找礦脈幫忙挖寶石吧。

葵娜接下來前往艾利涅設立於王都裡的店面。

葵娜知道在哪裡，但這之前都找不到機會去一趟。她想說繞過去一趟順便找艾利涅商量事情。

原本想像是間小店鋪的葵娜看到的是立於王都精華地段，完全不輸給凱利克的店的大型店鋪。

「咦？真的假的？」

和凱利克的店不同之處就是員工沒有在店門前來來去去吧。

凱利克那裡是橫長型建築，而這家店似乎是在店鋪後方有大型空間。

三層樓的漂亮建築物，入口上方的大招牌上畫著帥氣的犬隻圖樣。

大概把艾利涅美化了三倍左右。

說一目了然也是一目了然，但沒有看到店名。

正面入口大開，營造出任何人都能輕鬆踏入的氛圍。

裡面有幾個像主婦的人，以及旅行者和冒險者正在挑選商品。

大門左右擺著長桌，散發著豪爽阿姨感的店員正在銷售簡單的日用品。

「艾利涅先生都有這麼大一家店了，還到處去行商嗎？」

不知該說傻眼還是佩服。

就在葵娜呆愣地張大嘴抬頭看招牌時——「哎呀呀，站在這邊看也不會知道這家店的好，快進來快進來。」阿姨不由分說地把她拉進店裡。

店裡的年輕女店員立刻走上前，臉上掛著營業用笑容說：「歡迎光臨，請問是第一次來嗎？只要您提出要求，從尿布到鋼劍，我們都能為您準備。」

葵娜環視一圈，一樓有可以生出小火種、一次可以生產一桶水等幾個只要一點魔力就可以使用的魔道具。

牆壁上掛著劍、長槍、盾等等的物品，店鋪中央的架子上堆疊著餐具及調理用具。

「那個，這家店是賣什麼的啊？」

「主要從家庭生活用品到冒險者使用的東西，我們銷售的品項相當多元。」

看了一圈的葵娜聽完店員說明後，理解了大概就是和電商差不多的地方吧。

對沒辦法自由行動的葵娜來說，也只能想到這個了。

根據店員表示，二樓也是店鋪，販賣首飾及衣服等等，從二手商品到訂製品都有。

葵娜對這很感興趣，決定下次要帶露可一起來。

店員仍滔滔不絕地介紹店裡的特價商品，葵娜打斷她，開口說：「我想買馬車。」

「馬車嗎？」

「中古車也行，幌馬車也沒關係，但我想要有屋頂的。」

店員稍微思考後說「請跟我來」，帶葵娜往裡頭走。

那邊整齊排放著幾輛馬車。

沒有屋頂的貨物馬車、箱型馬車、裝飾得無比閃亮的馬車、整體造型精簡但四處可見高價零件的馬車等等。

葵娜想要的有布棚的馬車就靜靜擺在最裡邊。

整體來說有點髒，看起來最寒酸。

據店員所說，這是商隊最近還在用的馬車，因為老朽，已經準備要丟棄了。

聽她這樣一說，似乎有點印象？

「是被萊格蜻蜓幼蟲拖下水的那個嗎……」

葵娜雙手環胸，回想起不久前的事情而低語，不知為何女店員睜大眼睛，全身僵硬。

她嘴巴開開合合地發不出聲音，過了一會兒後突然改變剛剛的輕鬆態度，端正姿勢後深深一鞠躬。

「真的非常失禮，您該不會是葵娜小姐吧？」

「嗯？啊啊，是沒錯。」

嚇了一跳的葵娜老實回答後，女店員低語：「這樣啊，我明白了。」

接著慢慢舉起手指向幌馬車，恭敬地說：「那麼，您不需要付這項商品的費用，請直接帶走吧。」

「咦咦咦咦咦咦咦咦咦？」

還以為需要花到金幣的葵娜聽到店員令人難以置信的發言，嚇得睜大眼睛。

葵娜的聲音讓店員們好奇地往這邊偷看。

後面這邊似乎幾乎不會有顧客進來。

修理馬車的人停下手，搬運家具的人也停下腳步，但看見女店員瞇眼微笑後，慌慌張張地轉過頭去繼續工作。

「我想您應該感到疑問，所以我就明說了。這是會長的指示。」

「會長……是艾利涅先生嗎？」

「是的。」

葵娜走到幌馬車旁，一邊檢視成為自己所有物的馬車，一邊聽女店員說話。

「他指示我們：『如果有一位自稱葵娜的冒險者精靈女性來，要免費提供她第一次買的東西。』」

「……我覺得我沒做什麼可以讓艾利涅先生送我東西耶，他是想要賣我人情嗎？」

葵娜愁眉苦臉地說完，女店員呵呵笑著，開心地說：「您真的是一位如我丈夫所說的人呢。」

「什麼？」

「啊，我還沒向您自我介紹。我是艾利涅的妻子，名叫阿爾穆娜。」

自稱阿爾穆娜的淺棕髮女性拿下手腕上的手環後，漸漸從人類變成嬌小的犬人族模樣。

和長得像威爾斯柯基犬的艾利涅不同，阿爾穆娜有著黑白蝴蝶犬般的外貌。

她似乎是利用魔道具讓自己變成人類的外貌。

「咦咦咦咦？」

面對再次感到驚訝的葵娜，工作人員們表示「這也是理所當然」似的點點頭，在旁邊偷偷觀察她們的樣子。

這似乎是阿爾穆娜常做的惡作劇，最近會被嚇到的人也習以為常了，所以她正在尋找新的獵物。

而突然造訪的葵娜似乎就被她選為目標了。

但在知道葵娜驚訝的理由是「艾利涅先生竟然結婚了」後，阿爾穆娜變得相當沮喪。

葵娜瞬間就把一整輛幌馬車收進道具箱裡，這雖然稱不上報仇，但成功讓包含阿爾穆娜在內的所有人嚇破膽。

「雖然我先生不常在店裡，還請您再度光臨。」

「嗯，我下次會好好來買東西，請替我向艾利涅先生問好。」

「好的，非常感謝您的光臨。」

在所有員工集體鞠躬目送下，突然變成目光焦點的葵娜迅速離開艾利涅的店。

回到旅店後，她跟醒來的露可說明接下來的事情。

就是要移動到邊境村莊，接著在那邊定居。

「基本上就我所知，旅店的女兒莉朵和妳年齡最接近，我想妳們應該可以當好朋友。」

「我、該做……什麼、才、好？」

「暫時幫忙做家事吧。但我也對家事不太清楚耶。」

露可困惑地歪頭。

從小就幫忙做家事的露可大概也聽不懂葵娜在說什麼。

葵娜最大的問題就在於「住在家裡」非做不可的家事。

這些是她還是桂菜時完全沒接觸過的東西。

就算有，頂多也只是幫母親擦拭洗好的碗盤。

葵娜決定不恥下問去請教瑪雷路。

這是個沒有電器用品的世界，所以就如字面所示得從頭學起。

桂菜原本就是個體弱多病的孩子。

從幼年到小學時，別人家常見的和母親一起站在廚房裡的光景，她也從未經歷過。

在升上國中前遭逢意外，從此只能在病床上動彈不得。

她只有在連續劇裡看過這類畫面。

連初學者都不如，直說她完全是門外漢比較快。

或許露可還比她更清楚。

葵娜百般煩惱後，決定找家事專家商量。

看見主人一臉為難地來商量家事，洛可希錄斯提出了葵娜完全沒想過的提議。

「什麼？」

「如果是這樣，那就由我負責葵娜大人家裡的所有家事如何呢？」

「咦？」

做好所有準備，朝邊境村莊出發的第一天。

葵娜將道具箱中能拿來當作魔道具動力源的魔韻石加工後裝到買來的馬車上，原本是馬伕乘坐的位置變成馬頭的奇怪造型。

成為一輛將魔像馬與馬車結合，不需要馬匹即可自行走動的幌馬車。

擦身而過的旅行者、裝滿作物的貨物馬車及冒險者們全睜大眼睛目送馬車離去。

這是將內藏魔韻石的魔像與物體結合，製作出可半永久性運轉的物體的【技術技能】。

在遊戲時代常可看見長出車輪的房子、長腳的房子、合體變形的房子等等。

更誇張的還可見到城堡或要塞在原野問闊步而行這相當超現實的光景。

而那些在戰爭時大量動員，也常見戰場一角變成了這特定時期才會出現的東西大決戰的場面。

與之相比，幌馬車能自動行走對葵娜來說根本是小事一樁。

但如果葵娜有多加考慮旁人看到這輛車時的反應，應該就不會引起後續的騷動了吧。

葵娜當然無從得知謠言當天便已傳遍費爾斯凱洛，甚至傳進有麻煩立場的人耳中了。

「咦？可是洛可希錄斯，你的時效已經到了吧？」

葵娜一邊注意別讓眼睛閃閃發亮看著沿路風景的露可掉下去，聽見洛可希錄斯的發言而皺起眉頭。

「您這樣說彷彿我做了什麼壞事耶。」

正確來說，是洛可希錄斯的工作期間已經快要結束了。

等他領完工資回去，想要再叫他出來就得再度搖鈴。

葵娜一開始也想著要為了露可連續召喚他。

手邊的資金至少可以讓他連續工作兩千年。

但決定盡量不動用遊戲時代的錢，想在這個世界自給自足的葵娜不太想採取這個手段。

因此她才想要思考一個待在村莊裡也能與偶爾來村莊的艾利涅交易賺錢的方法。

「之前只要時間到了就會強制消失吧？」

「不，關於這點只能說是推測，我自己也不確定能不能回去。」

「啥？什麼意思啊……？」

「事實上，我來這裡之前的記憶相當模糊，上一次與主人見面後不久，我們待機的地點似乎變得空無一物。我也不確定有沒有辦法回去。」

葵娜只聽這些就大致理解了。

「……啊啊，原來如此，營運商失去作用後，營運商管理的系統也跟著停擺了吧？該不會因為幽靈船也是任務活動的一種，所以無關乎條件隨機出現了？」

如果是這樣，那到處充斥著任務活動怪獸也不奇怪吧。

只要發生一次這種事，這世界的人應該會滅亡。

總之，洛可希錄斯的問題在於他會不會被強制遣返。

到時候再下結論也不遲。

「然後，順帶一提……」

「順帶一提什麼？」

「可以麻煩您也把洛可希努叫來嗎？由女性來陪伴露可小姐應該比較恰當，嗯，雖然我非常不願意……」

「要把小希也叫來啊——那會變得相當熱鬧呢。」

葵娜回想起他們還是遊戲中功能性NPC的狀態時，和奧普斯引起的騷動而苦笑。

與其說熱鬧，葵娜有預感日常生活會變得雞飛狗跳。

因為當時發展成牽連了許多玩家的大騷動啊。

只是想設定女僕的外表，在城裡公開徵求後，正在線上的專業、業餘繪師就蜂擁而至。

城市被畫作掩沒，還以為來到了展覽會會場呢。

如果上面不是全畫著女僕，或許還能樂在其中。

只是熱鬧還無所謂，但葵娜已經不想再經歷「出差女僕之亂」這種事件了。

就這樣在旅途中，超過洛可希錄斯的滯留期限也沒出現讓他回去的房子，當然就真的如他所願了。

因此也把另一位召喚女僕叫過來。

白天在街道上暫時停下馬車，確定周遭沒有其他人經過後，葵娜輕搖紅色搖鈴。

「叮鈴～～」清澈的聲音輕輕響起，葵娜等人面前出現閃耀光芒的白色巨大魔法陣。

洛可希錄斯面無表情，葵娜則是臉有些僵。

露可雖然是第二次看到，但第一次時處於快被不安壓垮的狀態中，根本不記得。

所以這罕見的大規模魔法陣嚇得她呆呆地張大嘴。

從空中灑落的白色燐光以魔法陣為中心不停往外擴散，魔法陣內部慢慢出現建築物。

紅色屋頂、白色牆壁，旁邊圍繞著黃、白、藍等各色花圃，附庭院的小巧獨棟房子。

露可沒想到這種東西竟然會從地表浮上來，現在仍呆愣無言。

從內側流洩而出的光芒推開門扉。

從裡面走出有褐色貓耳，穿著橘色格紋女僕裝，年齡不到二十歲的女性。

和洛可希錄斯同為貓人族的這個人捏起迷你裙，恭敬地朝葵娜鞠躬。

「葵娜大人，久疏問候了。洛可希努在此參見。」

「小希，好久不見，有沒有哪裡不對勁呢？」

「咦？我非常健康。已經有洛可斯了還召喚我出來，是這個蠢蛋做了什麼不知廉恥的事情嗎？」

靜靜站在葵娜身後的洛可希錄斯太陽穴冒出憤怒的符號。

但他沒有回嘴，始終保持沉默。

只是嘴唇像有話要說似的抖個不停。

這和第一次召喚時完全相同的發展，讓葵娜嘴角有點抽搐。

總之先向她介紹呆呆地聽著大家說話的露可，也沒忘了交代她主要工作是照顧露可。

「我明白了，不肖洛可希努會將露可小姐培育成不管上哪兒都不會丟臉的淑女。」

「不用啦，不用養成淑女也沒關係，只要這孩子可以自由長大就好。」

洛可希努握拳舉高宣示，葵娜搖搖頭要她自重。

露可才剛失去雙親，葵娜想讓她暫時安靜地過生活。

慎重起見，也詳細說明。

但也不希望她悶在家裡不出門，葵娜思考這部分該交給洛可希努還是由自己來。

「這樣啊，我明白了。那暫時先提供最低限度的照料就好了，對吧。」

「嗯，讓她想做什麼就做什麼吧，而且她應該也不習慣你們這麼恭敬。」

洛可希努恭敬地敬禮，但露可不懂她要負責照料自己的意思，一臉困惑地拉了拉葵娜的斗篷。

「那、個……照料、是、什麼……？」

「就是從早上換衣服到晚上洗澡，洛可希努都會幫妳喔～～」

葵娜簡單說明照料的內容後，露可說不出話來，眼眶泛淚，身體顫抖，緊緊抱住坐著的葵娜的手。

「我……不是、那、種身分……的、人。」

「嗯～～那和我一起被照料吧，這樣可以嗎？」

葵娜稍微思索後如此提議，露可不由分說地不斷點頭。

無比感動的葵娜緊緊抱住露可，而在她身後，貓耳和貓耳開始互瞪對方。

「與其召喚這個蠢蛋，真希望主人能先召喚我啊。」

「妳說誰是蠢蛋啊。妳才該多少自重一些，我們可是葵娜大人的奴僕。」

「才沒人問你，要是由你（笨蛋）負責教育（範本），不知道會把小姐養育成怎樣自由奔放的人。」

「交給妳也只會被妳傳染成女流氓吧，病原菌應該先去消毒再說。」

「喔，竟然把人當黑死病啊。看來你是不想看見明天的太陽了。」

「啪！啪！」洛可希錄斯的太陽穴再次冒出幾個憤怒符號。

該說同族相斥嗎？只要同時召喚他們兩人出來就會特別水火不容。

心不甘情不願地提議把洛可希努找來的洛可希錄斯雖然已經預料到這種狀況，還是忍受不了了。

有罵就有回，就像巷弄中的野貓，戰火一觸即發。

葵娜舉拳朝兩人頭上落下，簡簡單單在引戰前熄火。
「好了好了，到此為止、到此為止～～你們兩個接下來就是一家人了，千萬不能吵架！不能去弄倒路樹、不可以拆了房子，也不可以把人拋飛。不能做出有礙露可教育的行為。」
「好啦，我明白了，葵娜大人。」
「……在下了解了，主人。」
看著心不甘情不願同意的兩人，葵娜苦笑。
他們是ＮＰＣ，所以在遊戲中沒辦法干涉這麼深。
因為無法預測洛可希努的行動，她願意說出口是很好，但若她持續展現一觸即發的態度，那也會帶給其他人壓力。
畢竟洛可希努痛罵的對象不僅是洛可希錄斯，而是所有男性玩家角色。
而洛可希錄斯不但會回嘴，還會迂迴地做些騷擾行為。
而且還是葵娜舉例過的訴諸武力，相當惡劣。
只要在街上叫出兩人，就會帶給周遭巨大損害。葵娜一開始曾同時召喚過一次，之後就學乖了。
有點擔心的葵娜只對這件事的度量相當小。
所以沒忘記要強烈警告兩人。
「我們接下來要居住的村莊對我有莫大恩情，如果你們對村民或村莊的共同財產出手，我可是會生氣喔！」

「「遵、遵命！」」

葵娜眼中浮現銳利光芒強調，兩人不禁顫抖。

看不見恐怖氣息的露可對葵娜凜然的身影獻上熱烈掌聲。

母親對養女的讚揚頻頻點頭。

只有坐在葵娜肩上的妖精妹妹聳聳肩，像是在表示「真受不了」。

幌馬車魔像聽著車廂內傳來的喧鬧聲，為了實現自己的存在意義，強而有力地朝前往村莊的道路邁進。

「這是什麼啊……？」

抵達邊境村莊後，葵娜立刻看見原本是馬車停放處的地點聳立著「拉克斯工務店」。

工務店本身是沒問題，問題在於店前招牌上寫的字。

上面用又大又漂亮的文字寫著「堺屋．地區分店」。

「凱利克真的在這裡蓋了一家分店啊，拉克斯和思雅應該也沒辦法拒絕吧～」

葵娜有點擔心，凱利克該不會用他的權力強迫拉克斯吧。

距上次見到凱利克也才經過十天，是該對他的動作之快感到傻眼呢？還是該對他強硬的手段生氣？

葵娜想著晚點問了思雅來龍去脈後再決定。

把露可抱下馬車，等洛可希錄斯和洛可希努也下馬車後，把馬車收進道具箱中。

和聽見馬車聲而跑出來查看的村民們打招呼，並且先朝旅店前進。

「這女孩還真漂亮，是妳僱用的嗎？」

「這邊的小哥也正適合拿來觀賞呢。」

「不是拿來觀賞用的啦。」

洛可希錄斯和洛可希努被誤認為葵娜招攬來的離家外出工作者。

「那邊那個小朋友是打哪兒來的啊？」

「我收養的，她的村莊被魔怪攻擊，只剩下她一個人了。」

「這樣啊……還真是苦了這孩子。」

因為這個村莊小孩很少，大人們同情地圍過來，嚇了露可一跳。他們就在村民的簇擁下前進。

瑪雷路和莉朵在旅店前面揮手等著他們。

只不過，瑪雷路臉上的笑容比平常更加燦爛，反之莉朵的表情相當慌張。

「瑪雷路，我回來了。」

「啊，大、大姊姊！那、那個啊！」

莉朵似乎想對葵娜說什麼，但瑪雷路的手早一步伸出來用力抓住葵娜的頭。

「咦、咦？瑪雷路妳怎麼了，很痛痛痛痛痛！」
瑪雷路使出全力抓葵娜，她痛得大聲喊叫。
真不愧是操持旅店那麼多年的手，令人畏懼的威力牢牢抓住葵娜的頭蓋骨。
大概是把這判斷為親密接觸的一環，奇奇的防護層沒有發揮作用。
「呀！」
看著葵娜揮動手腳掙扎，洛可希錄斯等人茫然地呆站一旁。
就在泫然欲泣的露可去拉瑪雷路的裙襬後，這不講理的制裁才終於宣告結束。
「好痛好痛……」
葵娜抱著頭蹲下身，露可跑過來貼在她身邊，洛可希努遞上濕毛巾。瑪雷路看著一行人露出「怎麼會帶這麼多人出現」的疑問表情。
「……我才想問吧……幹嘛突然做這種莫名其妙的事情啦。」
「妳真的不知道嗎？」
葵娜和臉龐不斷逼近像在生氣的瑪雷路對上眼。
雖然稍顯氣弱，但想不出自己做了什麼虧心事的葵娜回答：「對，不知道。」
瑪雷路手扠腰說了「唉～～真是的」，不停顫抖的莉朵開口說：
「對、對不起，大姊姊！屋頂上的小鳥被發現了！」
聽她這樣一說，葵娜這才終於想起來，「啊！」了一聲。瑪雷路的眼神相當凶狠。

葵娜完全忘記她放了一隻滴水嘴獸在屋頂，命令牠如果村莊遭逢遇襲等災害時要「保護村莊」。

直冒冷汗的葵娜在瑪雷路無言的壓力下低頭說「對不起」。

順帶一提，那是別人發現的。一位善良農家大叔要修理漏水，爬上自家屋頂時看見了。他以為有魔獸住在旅店的屋頂上，慌慌張張地驚叫著跑到瑪雷路這裡。

正在支解獵物的洛德魯恰巧就在一旁，消滅魔獸的任務就落到他頭上了。

但是，無法忍受瞞著不說的罪惡感的莉朵坦白一切，才不至於在整個村莊引起大騷動。

「一想到有那麼恐怖的東西在屋頂，連飯也吃不下。妳快點去把牠弄走！」

瑪雷路動怒之下，葵娜也不得不把滴水嘴獸弄走。

而且說起來，那是因為葵娜喜歡這個村莊，不希望她不在時遭逢災難才會放滴水嘴獸。如果今後要變成村民住在這裡，也不需要拿滴水嘴獸當成常駐戰力。

只需要洛可希錄斯一個人，滅了盜賊根本是小事一樁。

看見葵娜撤除滴水嘴獸後鬆了一口氣的表情，瑪雷路這才問起同行三人的事。

「然後呢，那孩子是怎麼回事？」

「她叫露可，因為有些原因，我收養了她。貓人族男生叫洛可希錄斯，女生叫洛可希努，是從以前就服侍我的傭人，我們今後要一起住。」

直說「召喚管家」應該也沒人聽得懂，所以葵娜才會說是從以前（遊戲時代）就開始服侍（常常召喚出來）的傭人。

不知為何讓瑪雷路有了「葵娜果然是哪個好人家的千金大小姐吧？」的疑問，但這世界的高等精靈族等於王族，其實也不算說錯。

雖然誤解也沒改變對待葵娜的態度，對葵娜來說是再好不過。

「那妳要什麼時候蓋房子啊？」

「我今天要住這裡，明天再蓋房子吧，暫時想要悠閒一下。」

「這樣啊，那我也要去和大家說一聲才行呢。」

看見瑪雷路滿臉笑容開心的樣子，葵娜反而白了一張臉。

「不用，大家已經替我舉辦過成為村莊一分子的宴會了啊。」

「這種東西舉辦幾次都可以啦。這村莊的娛樂少，妳就放棄掙扎吧。」

要辦宴會是沒差，但如果要她為了起頭而喝酒，那就饒了她吧。

大家歡迎她，讓她真的很開心就是了。

總之只能先含糊回答：「呃呃，也是啦，嗯……」葵娜很乾脆地放棄掙扎。

洛可希錄斯和洛可希努立刻朝瑪雷路夫妻一鞠躬，也朝在食堂裡的村民們鞠躬。

「我叫洛可希錄斯，今後將和葵娜大人一起受大家照顧，還請多多指教。」

「沒錯，這傢伙只是個奴隸，請盡量使喚沒關係，甚至用到變成破貓皮抹布也可以。啊啊，我叫洛可希努，請多指教嘍。」

看見打一開始就額冒青筋、表情僵硬的洛可希錄斯和態度總是高高在上的洛可希努之間的互動，村民們倒抽一口氣，尖叫後往後退。

在後來被憤怒的葵娜鐵拳制裁前，洛可希努完全正常發揮。

不用說，立刻就被葵娜一句「House!」趕進旅店房間裡了。

「瑪雷路，真的很不好意思，那孩子說話不好聽，但（應該）沒有惡意，就是個性有點強烈……」

「啊、啊啊，嗯，我不怎麼在意啦，偶爾也是會遇見那種人。」

看見身經百戰的老闆娘（葵娜是這麼認為）嘴角扭曲的表情，葵娜在心裡發誓，等房子蓋好後，盡量別讓洛可希努外出。

就在大人們雞飛狗跳時，一旁的莉朵和露可拉近距離了。

「我叫莉朵，是這家旅店的小孩，請多指教喔！」

聽見莉朵直接自我介紹，露可一開始視線左右游移，接著下定決心點點頭。

然後畏怯地伸出手，稍微碰到莉朵的指尖後，「我……叫露可……請多、指教……」用細若蚊蚋的聲音努力擠出這句話。

耐心等待的莉朵光聽到這句話就露出燦爛笑容，雙手握住露可發抖的手，開心地說：「嗯！請多指教喔！」

但又立刻放開露可的手，說著：「啊，對不起，是不是很痛？」露出悲傷的表情。

「沒、有……不、會痛。」

露可緩緩搖頭，輕輕一笑，莉朵再次露出笑容。

妖精妹妹就在她們頭上看著兩人感情要好的樣子，開心地笑著。當然除了葵娜之外，沒人看得見妖精妹妹。

葵娜見露可和莉朵熟識後，帶著三人前往村莊的公眾澡堂。

讓洛可希錄斯到男性澡堂，帶著洛可希努和露可到女性澡堂。

在更衣室脫下衣服走進澡堂時，待在水淺處悠閒放鬆的蜜咪麗發現了葵娜三人。

露可被下半身是魚尾的蜜咪麗嚇得躲到葵娜背後，洛可希努手拿盆子做好備戰姿勢。

「嗨～～蜜咪麗，好久不見。」

「葵娜小姐妳好，這兩位是？」

露可一臉不可思議地看著滿臉笑容喊著彼此名字打招呼的兩人。

洛可希努大概理解了，放下盆子站到露可身後。

「之前提過要定居村莊那件事，這是要和我一起住的女僕洛可希努，以及我的養女露可，另外還有一個管家洛可希錄斯。請多指教嘍。」

「葵娜小姐，妳不只有三個孩子啊……」

看著蜜咪麗望著露可的眼神變得空洞，葵娜不解地歪頭。

似乎是蜜咪麗完全無法想像她們兩人外表看起來年齡相近，但葵娜已經有四個孩子了。

之後，葵娜一邊看著洛可希努教露可在澡堂洗澡的禮節一邊洗澡，和蜜咪麗並肩泡在浴池內。

「洗衣的工作如何啊？」

「託妳的福，生意非常好。」

蜜咪麗呵呵笑著回應，葵娜也說「真拿他們沒辦法啊」跟著一起笑。

每天要做的事太多了，如果可以節省洗衣時間，當然會想利用。

單身男性們原本每天上門，沒多久就發現累積的費用驚人，現在都積了好幾天才來。

因此，與剛開始洗衣工作那時相比，現在已經沒那麼忙了。

其他村民因為可以使用溫泉，冬天的洗衣工作變得輕鬆，偶爾也會拜託蜜咪麗幫忙，和她之前的隔閡因此消失了。

「然後啊，葵娜小姐。」

「嗯，怎麼了？」

「妳之前提到要替我找家鄉的事，那個啊，如果我說可以不用找了，妳會怎麼辦？」

葵娜聽了驚訝地「咦？」了一聲，看見蜜咪麗落寞的眼神後繼續問：

「我是沒關係啦，但真的可以嗎？」

「是的，我在家鄉被當成累贅，也不太有機會見到唯一的親人姊姊，旁邊的人老是說我壞話。就在我想著乾脆消失的時候跑到這裡，所以現在這種狀態對我來說是場及時雨。」

蜜咪麗毫無動搖的眼神令葵娜不知該說什麼。

說起並非自己願意而無法回到故鄉的狀況，葵娜和蜜咪麗算是境遇相似。

但是要悲觀過活還是澈底斬斷留戀，就是當事者的自由了。

其實葵娜對另一個世界的堂姊妹和叔叔還有斬也斬不斷的留戀，因此無法大聲教訓人。

「……嗯，那就先暫時停止搜尋吧。不過妳怎麼都想找的時候，一定要告訴我！」

「好，到時就麻煩妳了。」

葵娜解除了現在仍在活動中的藍龍的召喚。

雖然過好幾天了，全副心力都花在搜索上的藍龍也找不到，人魚故鄉大概不在里亞德錄周遭吧。

「這種時候，要是有那個可以商量的笨蛋就好了……」

那人應該會給出確切建議，但既然不在也就沒轍了。

露可在泡昏頭前被洛可希努帶出去，葵娜也打算離開澡堂。

「葵娜小姐，再見。」

「旅店那邊要舉辦宴會耶，妳要來嗎？」

「是葵娜小姐的歡迎會吧。但那之前不是辦過了嗎？」

「聽說在這沒什麼娛樂的村莊裡，放棄計較這件事比較恰當……」

「妳、妳還好吧？」

看見葵娜垂頭喪氣眼神死，蜜咪麗只能回以乾笑。

在當晚宴會中落得得用啤酒杯喝酒的葵娜只能邊唸法華經努力安定身心。

村民說著「妳好像不太開心」拚命勸酒，葵娜後半場只剩下自暴自棄的記憶。

「好想挖個洞把自己埋起來……」

吃早餐時，葵娜雙手摀臉，瑪雷路笑著拍打她的背。

「別擔心，只是失態而已，不會傳到村莊外的，放心啦！」

「問題不在那裡啊～～」

唯一的安慰就是那是發生在時間已晚，露可和莉朵都上床睡覺後的事。

要是被她們兩人看見自己自暴自棄喝酒的模樣，葵娜有自信可以引發大爆炸。

葵娜如惡魔般伸出蛇舌「咯咯咯咯」地笑著，被洛可希錄斯警告：「會給露可小姐壞的榜樣。」

「請別太欺負葵娜大人。」

「就是說啊～～葵娜大人只要使出全力，這種村莊一下就會變成隕石坑。」

管家和女僕保持恰當的距離，說著恰當的威脅話語。

不知為何，他們倆只有在維護主人時默契十足。

葵娜帶著露可前往房子的建築預定地。

村長柯凱已經帶了好幾個村民要來幫忙。

「葵娜閣下，早安啊。」

「早安，今天起要請大家多關照了。」

葵娜行禮的同時，站在左右兩邊的女僕與管家也深深一鞠躬。

昨晚宴會時已向大家介紹過洛可希錄斯兩人，所以兩人只是站在葵娜兩旁。

葵娜嚴正警告他們不可以吵架，所以兩人不對上眼也不交談。

深感興趣地朝兩人看個不停的人受到洛可希努的狠瞪反擊，嚇軟了腳。

「但是啊，沒想到妳還有管家和女僕。妳是哪個有錢人家的千金大小姐嗎？」

「哎呀，因為我拿家事完全沒轍，就交給洛可斯和小希嘍。」

洛德魯大概沒想到葵娜會老實回答，想著「好像問了什麼不該問的話耶」陷入沉默。

幾位阿姨朝葵娜投以「身為母親，這樣不行吧」的傻眼眼神。但這是事實，也沒辦法。

洛可希錄斯和洛可希努往前走一步，一鞠躬。

「家裡的事請全交給我們。」

「葵娜大人請如獨裁者（大老爺）盡情蹺腳擺架子吧。」

「那是哪來的有閒貴婦啦……？」

他們兩人擁護葵娜是很好，但比喻讓葵娜感到有點不安。

在葵娜家建築預定地上對照【技術技能】，確認已經確保大致上的空間。

據村長表示，只要是視線所及的範圍，就算全部用掉也沒關係。
就地坪面積來說，輕輕鬆鬆就能讓在費爾凱洛斯連日引起觀光熱潮的城堡在此重現。
這次預訂要蓋的葵娜住宅，是登錄在【建築：住宅】數款樣板中L尺寸的房子。
大約可供八人居住，一部分可以設定成雙層或是有地下室的建築。
就面積來說，加個庭院也綽綽有餘。但擋住村莊裡的路也不好，所以讓建築靠到最邊邊。
葵娜打算蓋個大平房，然後一部分做地下室。
把從卡達茲那裡買來的材料全擺出來後，就完成準備工作了。
葵娜召喚出【地精靈】和【風精靈】，立刻開始蓋房子。
地面毫無預兆突然塌陷，作為地基的石頭從地面冒出來。
先蓋好地下室後，飛上空中的木材依序插進地面，形成柱子與牆壁。
樑柱架好後，屋頂也自動組裝完畢，僅僅幾分鐘就完成平房部分了。
一般來說這是相當脫離常理的事，但早已看慣的村民們鼓掌歡聲讚嘆。
傻眼的大概只有拉克斯工務店的人們和蜜咪麗吧。
之後，村莊的女性們手拿竹籃，把白色花朵裝飾在大門與窗口。
葵娜以為是什麼詛咒，一臉疑問地看著。柯凱村長替她說明：
「這是我們村莊代代相傳，讓新蓋好的房子可以融入這塊大地的習俗。」
「喔，還有這種習俗啊～～」

「我想應該算不上礙事，還請妳就這樣擺到自然枯萎。」

「如果這是村裡的規矩，小希，麻煩妳嘍。」

「了解了。」

早已分配好家務的洛可希努點點頭。

似乎是家裡的事由洛可希努、外頭的事由洛可希錄斯負責。

葵娜也擔心言行老是帶刺的洛可希努待在外面會和村民們出現摩擦，所以對這個分配鬆了一口氣。

葵娜對聚集而來的每一位村民打完招呼後，因第一步驟順利結束而放下心中大石。

之後，拉克斯逼問葵娜：「神之技法也可以做到這種事嗎？」讓葵娜嚇一大跳。

「啊，對啊，建築物基本上都能做。」

「這太厲害了！那麼不只能蓋住宅，連城堡和要塞也可以嗎！」

「可以是可以，但需要材料。光是要蒐集材料就不知道要花多少錢了。」

再怎麼說，個人都沒辦法準備數百噸單位的材料，葵娜擺出投降姿勢。

葵娜是能辦到啦，但要在這邊蓋城堡並非易事。

就連在費爾斯凱洛再開發地區蓋的那一座，幾乎把周遭廢墟全變成材料了，還是比一般尺寸小很多。

拉克斯不停重複「超級羨慕！超級羨慕！」，被思雅打頭才回過神來。

「葵娜小姐，真的很不好意思，我老公給妳添麻煩了……」

思雅抓住拉克斯的頭，強迫他低頭道歉。

思雅一臉平淡，完全看不出她的臂力更勝矮人族的丈夫一籌。

葵娜心想「這對夫妻還真猛」，判斷拉克斯只是熱衷於研究才會有那種行為，也就原諒他了。

「對了，你們店的招牌上寫著『堺屋分店』耶。」

葵娜想著機會難得，便開口問了招牌那件事。

「啊啊，那是大老闆拜託我們當個窗口就好了……」

「就只是或許能販售一點堺屋的商品這等小小的關聯，是的！就只是這樣而已！」

思雅慌張地打斷拉克斯的回答，用力強調。

接著為了不讓丈夫亂說話，直接肘擊他的腹部要他閉嘴，然後揮揮手說「什麼事也沒有」就離開了。

「……太可疑了。」

『大概覺得要是說太多，會被妳發現什麼吧？』

「如果說是窗口，那感覺不需要特別到黑魯修沛盧也能拜託他們耶。」

不知道是要自己去領還是會送到家，但葵娜感覺就跟網路購物差不多。

在葵娜回答拉克斯問題的這段時間內，洛可希錄斯兩人已經連家裡的細節部分也確認好了。

像是有沒有地方歪掉、有沒有縫隙、門能不能好好關上等等。

葵娜在洛可希努的請求下，從道具箱取出已經做好的家具。

床、衣櫃、桌子、椅子等東西由洛可希錄斯放到各房間。

房子的隔間是把有大片玻璃窗的餐廳兼客廳設置在南側中央，牆邊也有暖爐。

客廳西側有需要用水的廚房以及浴室。

但葵娜基本上打算去村裡的公眾澡堂洗澡。

客廳東側有兩間房間，隔著房子中央朝東西延伸的走廊，北側有剩下的六間房和廁所。

一間房間大約二點二五坪，每間都有床和衣櫃。

洛可希努拜託葵娜做了小桌子和小椅子擺在自己房間。

葵娜和露可住南側的兩間房間，洛可希錄斯住在廚房對面的房間。

洛可希努選擇露可對門的房間，沒用到的房間現在預定當作置物間。

洛可希錄斯房間的正下方有地下室，出入口在走廊旁。

葵娜在地下室擺了幾個架子後，在其中埋入用魔韻石做的小燈。

把從倉庫拿出來的魔水晶——可以讓精靈等半永久性留存在裡面的道具擺在裡面，接著召喚【冰精靈】並讓他住在水晶裡。

等到空氣開始變冰冷，葵娜把道具箱裡的蔬菜、水果全部拿出來，和洛可希錄斯一起擺到架上。

所有準備做好，回到一樓時，洛可希努已經燒好開水、泡好茶了。

她迅速整理好露可的房間，正在問她想要怎樣的壁紙。

但幾乎都是洛可希努在講話。

「露可妹妹。」

「……是。」

「如果妳不想要自己一個人待在房間，不管是我的房間還是小希的房間，都別客氣，儘管來喔。」

拿著杯子呆呆看著窗外及窗戶的露可抬頭看葵娜，緩緩點頭。

葵娜摸摸露可的頭，喝完茶起身。

「我到處晃晃，這邊就拜託你們啦，但千萬不可以吵架。」

「請交給我。」

「那麼，在下去找柴薪。」

先走出門的洛可希錄斯打開門等候，等葵娜走出去後鞠躬目送她。

原本打算關門又立刻止住，待慌慌張張地追在葵娜身後往外跑的露可出門後才關上門。

接著再次對兩人鞠躬，朝村莊裡以林業維生的人家走去。

要去問哪裡可以找到柴薪。

視情況可能得自己劈柴，這部分也需要問清楚。

身為村莊的一員，可能也有大家輪流做的工作。

葵娜安撫從家裡跑出來抱住她的腰的露可，牽著她朝旅店前進。

看這樣子，暫時沒辦法單獨行動吧。

但也期待露可和莉朵變好朋友後，她的心能稍微獲得慰藉。

整理好室內空間時已經超過午餐時間了。

葵娜帶著露可直接到旅店，向瑪雷路點中餐。

她重新向拿水過來的莉朵介紹露可。

「莉朵，請妳和露可當好朋友喔。」

「嗯，葵娜姊姊交給我。露可，我們下次一起玩吧。」

抓住葵娜衣服緊貼著她的露可看了滿臉笑容的莉朵，又抬頭看笑咪咪的葵娜，接著慢慢滑下椅子，面對莉朵輕輕點頭。

「……嗯……下、次，一起、玩……」

她們身高差不多，乍看以為同齡，但露可應該大兩歲。

不知是因為家業還是瑪雷路的教育方法，看起來相當能幹的莉朵更像姊姊。

莉朵原本打算立刻邀露可去玩，但露可搖搖頭，不願意離開葵娜。

「莉朵，謝謝妳的邀請，可以請妳等她安定一點了再約她嗎？」

「嗯，我知道了。」

莉朵乖乖點頭，這時瑪雷路端來湯和麵包。

瑪雷路微笑看著小口小口吃東西的露可，湊到葵娜耳邊小聲問：

「這孩子還真安靜耶。」

「我剛好去了一個村莊，那個村莊遭到滅村，這孩子是唯一的倖存者。」

「這也太令人悲傷了吧……」

瑪雷路皺起臉來沉默了一會兒，接著像要吹散兩人之間陰沉的氣氛，拍拍葵娜的背說：

「加油啊。」

「很痛，真的很痛！」

顫抖著忍痛的葵娜突然想起什麼，緊急抓住打算回廚房的瑪雷路。

「啊～～！等等，我有個東西想請妳試味道，可以嗎～～？」

「試什麼味道啊？」

「我想要做酒來賣，但我不太清楚酒的味道好壞。」

「那是無所謂。所以是妳請客嘍？」

「嗯嗯，是啊，一酒桶……夠吧？」

葵娜回想起上次宴會時把食堂坐滿的村民人數。

量應該夠喝，但不確定味道能不能接受。

瑪雷路拍拍葵娜的背，要她放心。

「我想沒問題啦，不夠的話我們也有酒啊。」

瑪雷路拍胸脯表示不需要擔心，葵娜於是從道具箱中把酒桶拉出來。

「是這個啦。」

「妳到底都是從哪裡拿出東西的啦？妳也真是有夠不合常理。」

只用一句「有夠」帶過就是這村莊厲害的地方，但還沒辦法脫離遊戲常識的葵娜完全沒發現。

吃完飯，葵娜和露可先回家一趟，交代另外兩位家人。

「……所以，我們要辦試喝大會，也順便在旅店吃晚餐，不用替我們準備晚餐。如果已經準備了，就先說對不起喔。」

「這樣啊，那只需要做我們自己的飯就好了吧。」

「…………」

洛可希錄斯滿臉疑惑地看著頻頻點頭的洛可希努。

「你那什麼懷疑的眼神啊？不用擔心，我也會替你做飯啦。剩飯（貓食）就行了吧？」

「喔～～妳不用費心，與其吃妳做的飯，我寧願去河邊抓魚吃。」

兩人之間立刻充滿緊張感。

在葵娜身後抓住她斗篷的露可抬頭看見養母抱著頭，立刻揮動雙手介入兩人之間。

這意料之外的勸架者讓兩人睜大眼睛。

「「露可小姐？」」

「不……可以、吵架……」

平常頭低低的小女孩用可窺見強烈意志的視線看著洛可希錄斯和洛可希努，兩人尷尬地拉開距離。

確認再戰危機解除後，露可被感動的葵娜緊緊抱在單薄的胸前。

「咦嗚？」

「好感動！露可妹妹好可靠，我現在任命妳為勸架大使！」

「……勸、架？」

「看到他們倆要吵起來就快點阻止，這工作非常適合妳！」

看見已然成為女兒控的主人，洛可希努和洛可希錄斯冷汗直流。

葵娜朝兩人射出銳利視線，洛可二人組便抬頭挺胸等待命令。

「你們兩個也跟我們一起去吃晚餐！」

「什麼？不，我們只是奴僕，參與這種活動有失禮儀……」

『你們兩個也要一起去對吧？』

「「遵命！」」

只要搖頭就會當場結束生命的聲調（恐懼），讓洛可希努和洛可希錄斯僵硬地立刻答應。

「很好。」葵娜點點頭，再次牽起露可的手到村子走走。目送她們離去的兩人一邊嘆氣一邊腿軟地跌坐在地。

「「唉～～～～～～……」」

「好、好恐怖……」

「不知是否該說有其母必有其女……小姐將來肯定不得了。」

「說起來，都是洛可斯害的。」

「是小希妳先開口說那種話吧……」

再次劍拔弩張的兩人感覺有兩道視線從緊閉的大門朝裡面看，同時僵直身體。

「……欸，洛可斯啊。」

「……什麼事呢，小希？」

「我覺得我們之前感情真的太差了，我們從現在開始稍微改變一下態度，雖然很不情願就是了。」

「真是太巧了，我也持相同意見，雖然很不情願。」

「…………」

「…………」

兩人認真地點點頭，裝沒事地回去做自己的工作。

那時，他們倆打死都不願意看向大門，這件事就先寫到這裡。

葵娜看著隨風搖曳的麥穗，一邊向在田裡工作的村民打招呼，遇見洛德魯後就開始討論狩獵。

村莊雖然不大，但村民們都很親切地找她們說話，慢慢繞完一圈，時間也來到傍晚了。

而露可似乎稍微放鬆警戒，從貼著葵娜走路到後來只要牽著就可以了。

葵娜臉上的笑容也沒停過。

她最後造訪的地點是擺出「堺屋・地區分店」招牌的拉克斯工務店。

老闆拉克斯在，但他的弟子多戴正好離開村莊去交貨。

妻子思雅和兒子拉德姆也在。

「葵娜小姐妳好，我們接下來就是鄰居了，請多指教喔，小姑娘也是。」

「思雅小姐，我才要請妳多多指教，拉克斯也是。露可妹妹妳也打個招呼。」

在葵娜催促下，露可畏怯地走到前面，行了一個幾乎看不出來的禮。

葵娜還想這會不會失禮，但兩人微笑著回禮。

「還有，不好意思，凱利克似乎說了什麼無理的要求。」

「啊啊，不會，我們並沒有什麼不滿，反而該說讓我們擁有『堺屋』的招牌實在是令人戒慎恐懼啊……」

正好葵娜過來，便向她說明凱利克的想法。

凱利克似乎請他們轉達，如果是能拿出去賣的東西，堺屋會負責採購材料，所以請葵娜不用客氣，做越多越好。

「越多越好……凱利克那傢伙是打算要我做什麼啊？」

「但沒有想到葵娜小姐竟然是大老闆的外祖母……真是嚇我一大跳。」

「啊啊，厲害的人是凱利克，和之前一樣待我就好了啦。」

葵娜苦笑著揮揮手。

關於應對方法，凱利克也對思雅說：「外祖母大概不在意。」

正如凱利克所說的反應讓思雅對葵娜很有好感，心想今後也能以朋友關係往來。

「啊～～那我先做個樣品，可以替我問問能不能放他們那裡賣嗎？」

老實說，葵娜用【瞬間移動】飛過去就解決了，但她不能長時間離開露可身邊，所以決定把能不能當商品的問題全丟給堺屋。

拿出三袋裝有六十公斤小麥的麻袋，執行【技術技能：製作威士忌】和【製作啤酒】。

小麥連同麻袋一起消失在火焰與水的漩渦中，立刻完成九十公升裝的洋酒桶。

看著並排的威士忌酒桶和啤酒酒桶，葵娜在內心抱頭大喊。

「內容物也就算了，酒桶是從哪裡生出來的啦！」

『用麻袋和小麥殼做成的？』

「實際出現在眼前，有種真的無法苟同的感覺……」

思雅擔心口中自言自語的葵娜，說著「總之先試這個」，從葵娜給她的威士忌酒桶中盛一點酒之後試喝。

葵娜打算直接把啤酒桶拿去宴會，在那邊公開亮相。

在大人講話時，拉德姆拿了用碎木片和樹果做成的不倒翁玩具給露可。

露可在不遠離葵娜的範圍內把玩具擺在各種地方玩。

拉德姆也很開心，就把之前做的造型物、木雕動物、可以放在地上滾動玩耍的馬車全拿出來，邊解說邊拿給露可看。

而說到酒，思雅的感想是「從來沒喝過的溫潤口感」，深受好評。

（我記得威士忌應該要加水或冰塊喝吧？）

……葵娜隱約想起以前父親喝酒時的模樣。

但對方可是以酒豪聞名的矮人族的妻子。

不需要特別稀釋，她和拉克斯泰然地一口接一口喝。

問他們這能不能賣，得到「能讓矮人一杯接一杯的絕對會熱賣」的回應。

「這由我負責送到大老闆那裡去吧。」

「你可別在中途喝光啊。」

「…………」

思雅一警告，拉克斯立刻僵直身體。

如果沒特別警告，送到凱利克手中時可能只剩空桶了吧。

「我再做一桶吧？」

「……勞煩妳了。」

葵娜問完，思雅表情苦澀地低頭拜託。

◆

晚上拿到旅店食堂去的啤酒原本是想給大家試喝，結果又變成宴會了。

口味似乎深受好評，一酒桶當晚就喝光。

大受歡迎到來參加的男性村民全喝得爛醉。

地板上躺滿紅著一張臉的男人，每個人都手拿酒杯，鼾聲雷動。

瑪雷路看著空酒桶，相當傻眼。

「哎呀呀，這些傢伙真沒一個像樣的。」

平常老是這樣，醉鬼們就交給他們的家人回收。

大概都是他們的妻子或是兄弟姊妹，單身的就丟著不管。

「要不要替他們蓋個毛毯啊？」

「不用啦，就這樣丟著。最好能學乖，快點去結婚生小孩。」
瑪雷路一家人一邊幫來接家人回家的村民，一邊著手整理食堂。
葵娜也拜託同行的洛可希錄斯一起整理食堂。
露可吃完飯後一臉睏意，所以讓洛可希努先帶她回家。
「不好意思，還讓你們幫忙。」
「不會，我們才不好意思，給你們添麻煩了。」
洛可希錄斯對任何人都相當謙恭的態度，讓瑪雷路不知該如何應對。
她不知所措地去對葵娜咬耳朵：
「他的態度就不能再普通點嗎？」
「對不起，他原本就是那種個性，這一點還請妳不要在意。」
「是……是這樣嗎？」
也沒辦法直說他們就是被設定成那樣的種族，所以讓別人以為他們是服侍人的一族比較好吧。
在平常早已習慣整理的瑪雷路一家人及學習能力強的洛可希錄斯的努力下，一下子就整理好了。
葵娜還有時間把沒人接回家的醉鬼集中一地。
「剛剛那個酒，可以定期讓我們進貨嗎？」

「那是沒問題啦，但我還沒有定價錢。」

最讓葵娜煩惱的就是這一點。

因為她根本沒計算進貨、利潤之類的就直接做了。

她手上有一半材料已經變成啤酒和威士忌，她也搞不清楚一酒桶的成本價是多少。

而且她當時還買了很多東西，所以連「小麥是多少錢」也記不清。

「總之，這次隨便給就好了。」

「葵娜，這樣不行啊，隨便的話妳是要怎麼做生意啊？」

「我會先拿給堺屋讓他們決定價格，所以搶便宜趁現在喔。」

「真拿妳沒辦法，那我這次就恭敬不如從命嘍。」

雖然只限這一次，瑪雷路支付了一點費用當手續費，並決定要供應啤酒給食堂。

艾爾啤酒和啤酒原本幾乎沒有太大差異，但對沒有現代釀酒技術和【技術技能】的這世界來說，兩種酒似乎有天壤之別。

葵娜喝完後的感想是「麥味很重」，這句話讓酒鬼們大為傻眼。

葵娜雖然謊報年齡，還是非常想大喊：「別要求未成年這麼多啊！」

多戴在兩天後回到村莊，但又立刻和拉克斯一起拿威士忌試喝品再次前往黑魯修沛盧。

如果獲得青睞，堺屋應該會準備好大量小麥送到葵娜這裡。

這麼一來，葵娜在村莊裡的工作也確定了。

一個不喝酒的人造酒販售，感覺會被人大罵：「這是褻瀆啊～～！」

「……希望不會有這種人。」

『都已經決定了，妳就做好覺悟吧。』

葵娜覺得奇奇這像是射了一槍的安撫方式有待商榷。

第四章 遊覽飛行、救援、天之聲和窮途末路

移居邊境村莊五天左右。

露可像隻小鴨一樣老跟在葵娜屁股後面跑的畫面已經成為固定的景象。

乍看之下令人莞爾，但露可只要不見葵娜，情緒就會變得相當不穩定。

晚上鑽進葵娜的被窩和她一起睡已成例行公事。

只要葵娜在視線範圍內就沒問題。

在各自做完家事的空檔，露可也變得能和莉朵還有拉德姆一起玩了。

拉德姆比露可大三歲。

似乎只要拉克斯不在家，他就不能參與工務店的工作。

工務店在村莊裡的工作以修繕為主。

修理房子、修理家具，還有製作新家具等等，這些委託占絕大多數。

因為工務店老闆和弟子不在家，聽說思雅頂多只能接新訂單。

也就是說，三個孩子當中的孩子王就是拉德姆。

三人的工作就是讓露可盡早融入村莊，拉著她到處玩。

爬樹、捉迷藏、幫忙農務。雖然「農務」讓人不解，但他們三個能做的也不多。

葵娜也不清楚只有三人可以玩哪些遊戲，就算知道也需要文明利器，根本派不上用場。

被選為玩耍前輩的是村莊的大人們。

去問了幾個人他們小時候玩什麼，他們就提了前述那些遊戲。

順帶一提，爬樹時只是爬低矮的樹枝，露可就哭出來了，所以這項立刻被排除在外。

玩捉迷藏時因為露可跑步速度毀滅性地慢，結果同樣立刻排除。

最後找了不用到處跑來跑去也能做的事，大多由拉德姆教簡單的木雕，或是和莉朵一起編花環。

因為孩子也是不折不扣的勞動力，偶爾會被找去幫忙農務。

但還沒到收穫期，大多都是幫忙除草。

聽說也需要耕地，這工作就由葵娜接下。

葵娜拿出高等級恐怖力量做農務可以取代好幾個村民的份，大家都相當驚訝。

但葵娜拿鋤頭墾地會讓地面爆炸，最後召喚出【地精靈】來將整個地面翻土、鬆土。

之後只要把冒出地面的小石頭和樹根撿乾淨，好幾個人得花上幾天才能解決的耕地工作，一天就宣告結束。

村民們看見這迅速的工作效率也嚇得合不攏嘴。

這天，三人在大樹蔭下一起做花環。

「好！這樣就可以了吧。接下來……咦、咦？接不起來？」

「我看看。拉德姆，你從前面就做錯了啦～～」

「這樣……把這邊，接起、來。你先、解開之後、再弄……」

三個孩子拿田邊叢生的雜草花做花環。

靠在柵欄上的葵娜聽見孩子們的對話，自然露出微笑（完全忽視令人想摀起耳朵的植物尖叫）。

難得走到屋外的洛可希努拿著裝有點心的竹籃待在一旁。

上午只有午餐前的一小段時間，孩子們可以一起玩耍。

下午是從午餐後到傍晚前。

這時段是配合大多時間都要幫忙家裡工作的莉朵排出來的。

「好～～！完成……啊啊？」

「啊～～啊～～」

在高高舉起成品的拉德姆手中，花環四分五裂。

似乎是有哪個環節弄錯了。

「完成、了……」

「嗯，做得很漂亮呢。」

莉朵和露可把完成的花環分別放到彼此頭上，看起來相當開心。

而妖精妹妹在空中愉快地想要撈起拉德姆四散的花朵。

但花朵全穿過她的手落地。

之後一起吃完洛可希努做的餅乾後解散。

這是孩子們最近開始固定的行程。

等拉克斯回來後，拉德姆得幫忙家裡工作，三人能一起玩的時間也會變少吧。

葵娜在上午會慢慢教露可讀寫，大多都在家裡學習的露可寫自己的名字給兩人看之後，當天葵娜就多了兩個學生。

因此隔天開始，葵娜越來越常當老師，在藍天下教三個孩子還有偶爾空閒下來過來的村民們。

距離王都遙遠的村莊，村民的識字率幾乎等於零。

大多數人都過著從出生到死都與文字無緣的生活。

頂多只有村長能讀懂平假名，瑪雷路和格特有辦法計算三位數加減而已。

「沒想到我到了這種地方會當上老師呢，對吧？」

苦笑的自言自語是葵娜對於現狀的感想。

人類真的總是不知道自己的什麼能力會幫上其他人呢。

在旁聽聞的洛可希努理所當然地點點頭。

「對有學識的葵娜大人來說，向村民們（老百姓）伸出援手可是至高的慈悲呢。」

這個讓葵娜還是抓不準思考模式的女僕是她最頭痛的問題。

「奧普斯那傢伙到底是怎樣設定的啦……」

用搖鈴召喚出來的小幫手NPC，照例得從龐大的角色設定開始做起。

洛可希錄斯因為葵娜的興趣而設定為少年貓管家，而洛可希努是葵娜煩惱時正好出現的奧普斯隨隨便便做出來的。

有一項個性設定為「○○且○○」，洛可希錄斯的設定是「誠懇且捨己為人」。

而洛可希努的設定要問奧普斯才會知道。

大概是「自由且奔放」之類的感覺吧。

奧普斯的女僕似乎是黑髮精靈「高雅且溫柔」，洛可希努極有可能被設定成相反。

「真是的，小希，我們和村民沒有貴賤之分，妳可不能對其他人這樣說啊。」

「……非常不好意思，我多嘴了。」

葵娜教訓後，洛可希努低頭道歉。

但也不覺得她有在反省，所以葵娜有點傻眼：「這沒救了……」

該不會被設定成「主人至上主義」了吧。

這樣一來，會比斯卡魯格等人更難應付。

只要不開口，她手腳俐落做好各種家事這點幫了葵娜大忙。

但不知為何和同種族的洛可希錄斯就是毀滅性地處不來。

從遊戲時代就是如此，大概是個性設定上有哪一點相反吧。

如果可以加以驗證就好了，但畢竟得到搖鈴的條件是那個啊。

掛上遊戲廢人保證的一萬小時遊戲時間，如果不像葵娜捨棄日常生活，根本辦不到。
根據洛可希錄斯口中「原本待的地方」推斷，大概有不少玩家擁有搖鈴管家。
但就葵娜所知，大大方方帶著走的就只有奧普斯。
「葵娜大人，等您有空時，可否麻煩您替我製作武器？」
「咦？妳沒有裝備武器嗎？」
正當葵娜笑著看拉德姆被兩個女孩指正，重做花環時，聽見洛可希努難得提出要求。
葵娜記得第一次召喚她出來時曾經給過她裝備。
但他們現在擁有的東西似乎只剩下身上穿戴的衣物。
也因為移動時利用【清潔】魔法保持乾淨，沒空閒想到那部分。
「我們被召喚到這裡後，注意到時已經是這樣了。」
「還在費爾凱洛斯時說的話，我就能去買武器了啊，為什麼妳現在才說啦～～！」
葵娜不小心拉高音量，露卡他們嚇得停下動作。
葵娜道歉：「對不起、對不起。」然後加上一句「不是在說你們啦」，三個人才又和樂融融地動手做花環。
葵娜無奈地一掌拍上額頭，洛可希努相當抱歉地低下頭。
「非常不好意思，我原本以為暫時用不到，沒想到竟然會到這麼偏僻的鄉村生活……」
洛可希努的態度相當順從，不過似乎無法隱藏她的毒舌。

話說回來，靠一套女僕裝就能做到這種水準，可說是國寶級性能了。

應該無法隨隨便便在服飾店找到。

基本上，這世界販售的衣物多為二手貨。

成衣那類大量生產的衣物也不普遍。

如果想要訂製，就得到貴族會光顧的商會。

與其訂製，倒不如自己買布做還比較快。

「大概只能拜託凱利克或是艾利涅先生了吧。」

「只要有布，我們兩人都能使用【裁縫】（【製作衣物】的先決技能）。」

「完成之後，我再施加防禦效果就好了。好，就這樣決定。」

在她們迅速決定一切後，三個孩子一臉不可思議地抬頭看她們。

「咦，怎麼了嗎？」

「姊姊會做衣服嗎？」

聽到葵娜的話，莉朵眼睛閃閃發亮，湊到洛可希努面前。

就算是洛可希努，也不能在葵娜面前冷淡地對待孩子，所以只能不慍不火地回：「是啊，沒錯。」

說起來，小幫手ＮＰＣ能使用的技能是召喚者玩家擁有技能數的十二點五％。

所以葵娜召喚出來的洛可希努兩人最大可使用五百個技能。

洛可希錄斯設定為可以戰鬥的管家，而洛可希努則是設定為完美做好掃地、洗衣、煮飯等家務的女僕。

洛可希努也能戰鬥，但與洛可希錄斯相比，能做的不多。

「那麼，下次來做布偶如何？」

葵娜代替沉默的洛可希努向三人提議。

如果對象是露可，洛可希努應該會教她許多事吧。

不過對象換成莉朵和拉德姆的話，葵娜就得在中間當緩衝，應對會變得相當麻煩。

那乾脆一開始就讓葵娜親自教學還比較輕鬆。

和讀寫一樣，如果先教露可，另外兩個孩子應該也會因為羨慕而努力。

果不其然，莉朵和拉德姆都舉雙手贊成。

露可慢了一拍才點頭，但她的表情看起來很開心。

大概是覺得和大家一起做些什麼很開心吧。

在這個世界，就算向母親學習裁縫，技術多半只到修繕衣物。

因為經濟不寬裕，沒辦法讓他們學習從零製作東西的技術。

也因此，葵娜的讀寫教室深受村民好評。

「葵娜大人也好好放鬆一下如何呢？什麼也別想就睡一整天，應該也是個轉換心情的好方法吧？」

從太陽的位置判斷時間差不多後，洛可希努取出保溫的濕毛巾，叫孩子們過來。

把濕毛巾給孩子們，也遞給葵娜後說出貼心的話：

「如果只有家裡和小姐的事情，就請交給我和那隻野貓。」

「……你們不是和好了嗎？」

「不，我們雖然彼此退讓，但並沒有和解。我們可是不共戴天的敵人。」

洛可希努斬釘截鐵說道，葵娜真心搞不清楚他們倆的關係為什麼會如此惡劣。

「話說回來，要我再更放鬆嗎？」

葵娜抬頭看著藍天低喃。

哎呀，就算只聽見為了花環犧牲的植物尖叫聲，也讓葵娜的精神十分痛苦。

眼角餘光看見妖精妹妹追在蝴蝶後面飛。

她不會遠離葵娜，只要超過一定距離就不會繼續往前。

葵娜能摸到妖精妹妹，但其他人和物品就會穿過她的身體。

常看見她在家裡若無其事地視牆壁為無物移動。

這世界的居民、小幫手ＮＰＣ洛可希錄斯兩人也看不見她。

卡達茲等人也相同。

唯一的例外是玩家，但妖精妹妹好像不想積極與玩家們接觸。

奇奇似乎知道妖精妹妹的存在，但反過來就不清楚了。

因為關於被稱為「聖靈」的奇奇也有許多不明之處。

葵娜只能靠表情和妖精妹妹溝通，她到現在還沒開口說話。

也沒見她張口像在說話的樣子，或許她根本不會說話吧。

只不過，葵娜大概知道妖精妹妹想說什麼。

不知道是不是直覺，會有話語直接浮現在腦海中。

剛從書本中出來時沒發生過，但偶爾會提醒葵娜忘記什麼事情。

後來次數變多，葵娜心想她會不會提示自己要去哪裡才能遇到奧普斯。

在妖精妹妹的提醒下，葵娜想起一個和天空有關的約定。

就在她思索要將先前和莉朵的對話付諸實行時，花環被遞到她面前。

「這、個……要、給，葵娜……媽媽。」

「哎呀，露可妹妹，謝謝妳。」

葵娜讓露可把花環放到自己頭上。

「葵娜姊姊好漂亮。」莉朵也誇獎葵娜，所以她抱抱露可表達感謝。

大概因為在人前，露可無比害羞的樣子令人印象深刻。

先前只有莉朵一個人，葵娜原本想著用【飛行】就能帶她在空中散步。

但現在變成三個人，就得好好考量安全性了。

「奇奇，有沒有什麼好主意？」

『如果只是要讓他們坐在上面，用地毯類的不就行了嗎？』

奇奇所說的應該是魔毯之類的道具吧。

搭乘人數可到五人。

飄浮在距離地面一公尺左右的空中，用人類步行的速度移動。

「那個做起來很費工夫耶……」

那需要用富含魔力的魔獸絲線製作，收集材料很費工。

而且也不確定這裡有沒有遊戲時代的魔獸。

雖然也可以自己製作絲線，但那需要很長的時間。

「好，駁回，下一個！」

『那就只能用召喚獸了……』

「就是啊～～」

能讓孩子們搭乘的召喚獸，葵娜心中有幾個候選名單。

但獅鷲獸或龍外表看起來很恐怖，對毫不知情的人來說，就只是威脅。

更別說這邊靠近國境，被士兵看見的話極可能引發後續效應。

「可以在不超過樹木高度低空飛行的呢？」

最重要的是要把孩子的安全擺在第一考量。

孩子們一邊吃洛可希努做的餅乾，一邊疑惑地看著朝空中喃喃自語的葵娜。

「總覺得葵娜姊姊看起來好像不太開心耶。」

「嗯……感覺、好像、很難過？」

「這麼說來，我聽我爸說過，高等精靈族好像可以聽見植物的聲音之類的。」

「「咦？」」

莉朵和露可嚇了一跳，回望自己原本待的地方。

那裡有一片開滿白、紫、黃等各色花朵的無名花草田。

大概被她們亂摘一通，有一部分只剩下葉子，相當悽慘。

兩人相當抱歉地低下頭，在旁泡茶服侍的洛可希努為了讓她們安心，開口說：

「葵娜大人的心胸沒有那麼狹隘，不會因為這種事情責備妳們。要不然，以後就在葵娜大人看不見的地方做花環吧。」

「葵娜姊姊……」

「看不見……的地方。」

「村莊裡有那樣的花田嗎？」

看著孩子們煩惱地圍起來討論的樣子，洛可希努莞爾地噴笑出聲。

不管怎樣，葵娜心裡想的都是會讓孩子們嚇破膽的事，所以根本不需要擔心。

隔天，葵娜向瑪雷路和思雅說明自己的計畫，告訴她們或許會讓孩子身陷危險。

但她們兩人都只因為「有讓阿比塔讚賞不已的冒險者葵娜同行」這個理由，就輕易相信她，把孩子交給她。

葵娜上午和平常一樣教大家讀書寫字，下午要孩子們在拉克斯工務店前集合。

「那麼，我們今天飛上天空吧。」

「「「咦？」」」

三人無法理解葵娜在說什麼，一起歪頭。

葵娜苦笑著，當場施展好久沒用的魔法。

【召喚魔法：雙重行使（Double load）：獅鷲獸（Griffin）】。

閃耀綠色光芒的線條在數公尺上的空中畫出魔法陣。

雙重圓加上六芒星，不可思議的文字像要圍住六芒星般寫在雙重圓內側。

兩個相同的魔法陣並排出現，魔法陣完成後，濃密的綠色光芒往下流瀉。

兩頭上半身是純白老鷹，下半身是威武獅身的幻獸順著光之走廊滑落地面。

「「吼嚕嚕嚕～～嚕～～！」」

銳利爪子緊緊扣住地面，獅鷲獸高聲吼叫，響徹村莊。

等上空的魔法陣消失後，彷彿想炫耀牠們的英姿般張大翅膀。

比非洲象大上一圈的身影立刻引起圍觀村民一陣驚呼。

【召喚魔法：Load：地精靈Lv.5】。

接著出現在旁邊的是比獅鷲獸高上一倍的西洋棋。是比士兵還粗壯，有著磚紋表面，上面還有凹凸突起的城堡。

由下到上純白的外觀，看起來就像用大理石類的石材雕刻出來的藝術品。

看見這只在童話故事、傳說、吟遊詩人的詩詞中提過的幻獸本尊出現在眼前，幾乎所有村民都張大嘴巴，呆愣地站在原地。

召喚出來的兩頭獅鷲獸用羽毛及嘴喙朝葵娜伸出的手和身體蹭，一邊鳴叫一邊撒嬌。

從旁觀者來看，這已經遠遠超越馴獸師的偉業了。

反過來說，這幅光景會讓所有馴獸師失去自信。

就原本目的來說，「召喚獸」就是為了戰鬥而召喚。

在這個時間點，牠們隨時發動光看見牠們就會帶給周遭威嚇或恐慌狀態的技能……這是遊戲上的設定。

數次召喚召喚獸的結果，葵娜理解牠們不是僕役（道具），而是召喚獸（朋友）。彷彿回應葵娜，牠們也開始控制自身所具備的技能。

為了體貼葵娜視為重要鄰居的村民，牠們壓抑可謂恐怖氣息的技能，所以只有外表比較嚇人。

「吼嚕嚕嚕～～」

「啾嚕～～」

緊黏葵娜的露可無處可逃，被獅鷲獸頸部的柔軟羽毛輕撫。
有著能撕碎大人的尖銳嘴喙的頭部和圓圓的金色眼睛通過她的頭上。
露可一開始嚇得僵住了，但在輕柔的羽毛包圍下也忘記了恐懼。
葵娜發現露可從僵硬恢復正常後，抱起養女向兩頭獅鷲獸介紹。
「好了好了，你們兩個，這是成為我養女的露可，發生事情時要優先保護她喔。」
兩頭巨獸的臉同時靠近還是令露可害怕。
露可小聲尖叫後，兩頭獅鷲獸拉開距離對她鞠躬。
一起歪過頭、摸喉嚨會發出咕嚕聲，這些就像是鸚鵡那類的玩賞寵物。
被牠們有趣的舉動撫慰的女孩畏怯地伸出手，撫摸獅鷲獸的柔軟羽毛。
看見獅鷲獸舒服地瞇上眼睛，露可也微微一笑。
跑到離葵娜有一段距離的洛可希錄斯身後避難的莉朵和拉德姆，看見露可撫摸獅鷲獸後才終於走到葵娜身邊。
「葵娜姊姊……可、可以摸嗎？」
「真、真的沒問題嗎？」
拉德姆比莉朵更害怕的模樣讓葵娜噴笑。
因此認真起來的拉德姆決定強硬地攻擊獅鷲獸。
但拉德姆的身高頂多只能碰到獅鷲獸硬梆梆的前腳根部。

獅鷲獸疑惑地低下頭時，嘴喙差點碰到拉德姆，他因而驚聲尖叫著逃跑。

「嗚哇啊啊啊啊啊！」

「「……」」

「那個……」

沒想到竟然是男孩子先逃跑，葵娜也無言以對了。

而葵娜內心（扣分，不能把露可交給他）偷偷評分——這點可就要保密了。

當然，從旁觀者的角度看這一幕的村民們笑他，母親思雅也相當無奈。

最感到莫名其妙的是只是站著低下頭的獅鷲獸吧。

都已經將威嚇感壓抑到近乎零了，他還尖叫逃跑，獅鷲獸真是沒面子。

一頭獅鷲獸展開翅膀覆蓋在垂頭喪氣的另一頭身上摩蹭。

似乎是在安慰對方。

「威嚇感消失後，突然變成很可愛的生物耶。」

『牠們很明顯是受到召喚者的影響吧？』

思雅擰著逃跑的拉德姆的耳朵，把他拖回來。

「痛痛痛痛痛痛痛！」

「女孩子都敢摸了，你一個男生逃跑也丟臉丟過頭了吧！」

拉德姆被丟到獅鷲獸面前。圓滾滾的兩雙眼睛注視下，拉德姆不敢與牠們對上視線，別過頭去。

過了一會兒才開口道歉：「對不起啦。」安慰同伴的獅鷲獸用翅膀打了他幾下，似乎就此原諒他了。

終於能繼續做準備的葵娜鬆了一口氣，從道具箱拿出粗繩。

「要用這個飛嗎？」

「用繩子？」

莉朵和拉德姆以為繩子會自動飛上天，但葵娜還沒說完。

「我打算讓兩頭獅鷲獸拉著浮在半空中的【地精靈】飛。」

【地精靈】可以自由操控重力，但如果想用這個力量飛上天，不只高度很低，速度還超慢。

所以就有了讓獅鷲獸拉地精靈，做出空中馬車的想法。

一開始是打算讓獅鷲獸拉魔偶馬車。

但要是繩子斷掉就危險了。

接著又想把魔偶馬車改造成可以浮起來，但材料魔韻石完全不夠，只好放棄。

最後，「即使遇到最糟狀況也能維持穩定」的候選名單只剩下【地精靈】。

就算繩子斷掉也能自行飄浮，萬一葵娜得離開也能自衛。

【地精靈】的防禦力首屈一指，孩子遭遇危險的可能性也會降低。

「慎重起見，請穿上這個。」

洛可希錄斯拿出大衣及斗篷等防寒衣物分給孩子。

「我沒打算飛那麼高耶。」

葵娜預計飛到比樹梢高一點，也會用【隱身】隱藏起獅鷲獸。

如此一來，從國境那邊看過來也會以為葵娜等人只是豆粒大小的某種東西吧。

「上空寒冷，還請好好穿上。」

「好了好了，你們三個都快坐上去吧。」

葵娜和洛可希錄斯一邊將繩子確實纏上獅鷲獸的身體，一邊催促孩子們。

城堡表面出現波紋，沿著外圍長出迴旋樓梯。

外表看起來像是大理石製的西洋棋，實際上只是堅硬的沙土，所以可以自在變形。

【地精靈】確實將繩子融入體內抓好，大概不會鬆脫。

戒慎恐懼地爬上去的莉朵和拉德姆立刻被比家裡屋頂還高的風景奪走目光。

只有露可不願意主動爬高，緊緊抓住葵娜的斗篷。

所以葵娜打橫抱起她，輕輕一跳就飛上去了。

「露可好好喔～～」

「那下去時莉朵也一起吧。」

「嗯！露可，可以吧？」

「……嗯。」

露可點頭後，莉朵開心地跳來跳去。

葵娜歪頭心想：「一般來說，女生被女生公主抱會開心嗎？」但她完全搞錯方向了。

穿好大衣的三人確實抓緊葵娜。

【地精靈】頭頂的凹凸突起（鋸齒狀的小空隙）高度雖然低於孩子們的身高，但葵娜張開【屏障】，所以沒辦法探出身去。

洛可希錄斯確認好繩索強度，葵娜聽他確認過後指示獅鷲獸起飛。

兩頭獅鷲獸高喊一聲，慢慢展翅垂直上升。

同時葵娜施展【隱身】，所以只留下牠們振翅的聲音。

飛過村莊最高大的樹木樹梢後，切換成橫向移動，要在村莊上空大大迴轉一圈。

原本害怕的孩子們適應得很快，立刻發出「哇啊！」、「嗚哇啊啊！」這類驚呼。

露可原本仍緊抓著葵娜，看見莉朵和拉德姆開心的模樣，也開始慢慢環視四周。

葵娜確認這一點後微笑，命令獅鷲獸加快速度。

「你們兩個，我要加快速度喔，會不會怕～～？」

「不～～會～～怕～～！」

「超棒！超棒！超棒的啦～～！」

拉德姆的感嘆詞庫似乎相當匱乏，從剛剛開始就只喊著「超棒」。

不小心就讓葵娜思考起是不是該在教他們讀寫時，也教他們適當的遣詞用字。

聽見風吹過的聲音交雜活力十足的聲音，葵娜判斷沒問題後，命令獅鷲獸照預定往東邊山脈去。

預定要繞葵娜的樓塔一圈，經過艾吉得大河上方後回到村莊。

村民們大喊著「路上小心～～」、「要注意安全喔～～！」，揮手送他們離開。

在【屏障】保護下不會有強風，葵娜抓住露可的肩膀，讓她轉身向後。

「露可，妳別看下面，試著看遠方。」

「……哦、唔、嗯……」

露可雖然回應了，但從她全身僵硬的狀況來看，眼睛大概緊緊閉著吧。

在露可的左右邊，莉朵溫柔地、拉德姆用力地握住她的手。

「露可別擔心，這裡不會搖晃，風也沒那麼大。」

「我們在旁邊握著妳的手，妳試著睜開眼睛看看，一次也好啊。」

大概是受到兩人鼓舞，露可的身體逐漸放鬆。

最後，葵娜的耳朵終於聽見露可發出「嗚、哇啊……」的細微聲音。

「是不是！很棒對吧！是不是很棒？」

「看吧！快看快看！那邊有個銀色的棒子耶……那是什麼？」

對突然大喊的拉德姆來說確實是銀色的棒子啦，但那是傳聞有壞魔女居住的樓塔。

如果靠太近，就會被樓塔附近設下的【無效結界】解除召喚魔法，所以葵娜讓獅鷲獸拉開距離繞一圈。

孩子們的視線全被反射陽光讓周圍出現閃耀光粒的銀色樓塔吸引。

只有莉朵偷偷跑去跟葵娜說悄悄話。

「那個就是大姊姊的？」

「沒錯沒錯，那就是壞魔女的。」

兩人對視咧嘴而笑，感覺被排擠的拉德姆鼓起臉頰。

「幹嘛啦，有什麼事情啦？」

「沒有啊，沒什麼～」

「沒錯沒錯，這是我們兩個的祕密。」

「咦咦咦咦，太詐了喔～也跟我講啦～～」

拉德姆忿忿不平地抱怨，但聽到「這是女孩子之間的祕密」後也只能不甘願地退讓。

因為現在在空中，三對一是女生的發言權比較大。

被握住肩膀的露可抬頭看著葵娜問：「那、我、呢……？」葵娜和莉朵短暫交換視線。

莉朵點點頭後抱著露可開心宣示：「回去之後再跟妳說。」

飛行前的準備工作辛苦，葵娜以為那之後就能悠閒地觀賞景色，但她被拉德姆和莉朵出乎意料的興奮嚇到。

「大姊姊！我想去那個塔！」

「不、不可以啦，拉德姆！那個塔裡住著恐～～怖的魔女耶！」

正確來說是拉德姆喧鬧得厲害。

還以為他是個懂事的孩子，但似乎並非如此。

不知該說是掙脫束縛，還是從被壓抑的某些事物當中得到解脫。

總之，他對所有看見的東西感興趣。

「玩雲霄飛車的小孩也是這種感覺嗎？」

「……？雲霄？」

「啊啊啊～～沒什麼沒什麼，露可妹妹不用在意。」

「嗯。」

拉德姆眼睛閃閃發亮，似乎對銀色樓塔相當執著。

葵娜命令獅鷲獸與樓塔拉開一段距離後暫時緩下速度。

「嘖，我好想去樓塔看看耶。」

拉德姆看著變成牙籤大小的樓塔咂嘴，這讓葵娜無法壓抑煩躁。

「你別說蠢話了，要是靠近那邊，獅鷲獸會馬上消失不見。那可不是因為你一點好奇心，就可棄莉朵和露可的安全於不顧去的地方。」

葵娜表情認真地狠瞪，拉德姆身體一顫立刻僵住。
雖然葵娜的樓塔沒配置任何怪獸，不過那周遭也有許多眼睛看不見的野生魔獸棲息。
一般人連靠近都有困難。
就算能走進樓塔領域，只要停下腳步就會被強制送到塔外。
而在因為景色驟變而驚訝，放鬆對周遭的警戒時，正是魔獸發動攻擊的好時機。
怎麼可能讓孩子接近這種危險地帶。
根本就是自己送上門找死啊。
別人把孩子交到葵娜手上，她可得負責。
雖然不太想這樣說話，但葵娜希望他們了解這世界並沒有簡單到光靠對外界的憧憬就能安然生存。
『冷靜冷靜，葵娜，妳這樣不太成熟喔。』
在奇奇的責備下，葵娜收起差點就要釋放出來的【威嚇】。在她思考該怎麼告誡他們時，她的代言人狠狠地踩了拉德姆一腳。
「好痛～～～～～！」
「你不可以這麼任性！是葵娜姊姊好心帶我們，我們才可以來這種地方耶！」
拉德姆蹲下摀住腳，莉朵雙手扠腰站在他面前。
拉德姆嘟起嘴，眼眶泛淚。

莉朵剛剛那一腳似乎踩得相當有威力。

「如果沒有露可，姊姊可能也不會帶我們來！她還為我們想了這麼多方法，我們這輩子可沒有機會飛上天耶！」

葵娜看著手扠腰壓制住拉德姆的莉朵，也覺得自己贏不過她。

（莉朵好帥喔。）

要是有其他人在場，應該會吐槽她：「喂喂，妳佩服她是要怎樣啦。」

損友可能在天空的某處傻眼地摀著臉吧。

「對、對不起啦……也不用這麼生氣吧……」

莉朵氣得幾乎要上前咬人，拉德姆也終於道歉了。

「你跟我道歉有什麼用！你應該對葵娜姊姊道歉！」

拉德姆在莉朵怒氣衝天的威嚇下，連忙向葵娜低頭道歉。

「那、那個，對、不起。」

葵娜從沒聽過在醫院裡認識的孩子們說任性的話，所以她以為那是正常的。

但小孩子本來就會耍任性，也會有自我主張。

（在醫院裡，包含我在內，大多都是早已放棄的人啊……）

先把以往的感傷放一邊，要把意識拉回眼前低頭道歉的拉德姆身上。

「你是為了什麼說『對不起』？」

就算反省，如果他不知道是為什麼反省也沒用。

聽到葵娜反問，拉德姆低下頭大聲說：

「咦？那個，我太任性了，對不起！」

葵娜輕輕往拉德姆的頭上敲了一拳，說著「知道就好」原諒他了。

「只要靠近那座塔，獅鷲獸和這個【地精靈】都會一起消失。」

葵娜「叩叩」踩了腳下的城堡西洋棋，告訴他重要性。

「突然被拋到空中，你們要怎樣才有辦法得救？」

「那、那個……」

就連現在也離地大約十公尺以上。

繞著樓塔飛翔時，大約飛在一百公尺的高空。

不僅拉德姆，連莉朵和露可也回想起這一點，表情瞬間僵硬。

「就算我能抓住你們，但很不湊巧，那邊沒辦法用魔法，所以我們只會往下掉。如果只有露可，我有自信抱著她也能得救，但你們會變成怎樣呢？」

如果已經知道原因，那也該確實讓他們知道結果。

雖然是很嚴厲的內容，但這些經驗肯定會在將來派上用場。

「掉、掉下去？」

和露可一起緊緊抓住葵娜的莉朵臉色發白問道。

葵娜不打算進一步明說，然而就算不說，他們也知道從高空掉下去會怎樣吧。
「對不起！真的很對不起！」
一臉蒼白的拉德姆接著對莉朵和露可道歉。
他似乎明白剛剛到底將自己置於何種危險當中了。
罵人這種事，不習慣的話真的別做比較好。葵娜用力嘆一口氣。
「說起來，這種事不是我負責的啊。」
倒是很常吐槽。葵娜回想起過去的公會成員，露出苦笑。
成員們表示「這裡聚集了一群沒用的大人」，負責罵人的頂多只有奧普斯和艾貝羅佩。
「就是這種時候才希望他在啊。」這大概是葵娜的奢望吧。

「啾嚕嚕～～！」
他們還飛在一整片森林的上空時，其中一頭獅鷲獸發出警戒的叫聲。
因為葵娜是召喚者，能理解牠正在發出「小心」的警告。
孩子們看著遠方的山脈、流逝而過的雲朵，沒有發現異常。
葵娜完全忘了，空中也有會成為威脅的飛翔類魔獸。
原本只要獅鷲獸現形發出能牽制魔獸的存在感，弱小的魔獸就不會靠近。
但現在考量到孩子，不僅切掉威嚇還隱形了。

（看起來像）毫無防備浮在空中的葵娜等人，沒過多久就被魔獸當成獵物。

「砰！」

魔獸猛力撞上【地精靈】的【屏障】。

出現的方法是「砰！」，但實際的撞擊聲應該是「叩」而已。

發現時，【地精靈】已經被黑色鳥群包圍。

那是雙翼長兩公尺左右，長得像大型烏鴉的魔獸鳥。

只要鳥群夠大還會攻擊彎角熊，是很凶狠的魔獸，名叫卡羅貝亞。

似乎也會和禿鷹一樣吃死屍肉。

牠們在周遭盤旋，「嘎嘎啞啞」吵鬧地威嚇葵娜等人。

莉朵和露可嚇壞，縮到葵娜的斗篷中躲起來。

拉德姆勉強還站著，但他的臉色比剛才更加蒼白。

「葵娜、姊、姊姊……」

「……唔！」

「啊啊，別擔心別擔心，那種小傢伙沒辦法撞破【地精靈】的屏障啦。」

葵娜輕鬆地揮揮手說著，但孩子們的悲愴表情彷彿正面臨世界末日。

這段時間也有好幾隻卡羅貝亞發動攻擊，但遭到【屏障】阻撓，衝勢過猛導致自爆，一隻隻往下掉。

即使如此也不放棄，毫無學習能力，只靠本能活著的行為模式還真有魔獸的風格呢。

「我也不想讓孩子們太害怕耶。」

原本以為放著不管，牠們就會放棄，但牠們絲毫沒有要放棄跡象，於是葵娜舉起右手在頭上揮舞。

下一刻，【屏障】外側空中出現光輝，好幾重固定、凝結起來。

這是初階的冰系統攻擊魔法【冰碎箭（Gira giga）】。

遭到攻擊不僅會被冰凍，下一秒還會從邊邊開始碎裂，是很殘忍的魔法。

筆大小的箭出現，無數的箭圍繞住【屏障】。

數量應該有數百吧。

一隻卡羅貝亞大概可以分到十枝箭左右。

卡羅貝亞看到了也毫不動搖，不知該說鳥頭果然空空如也還是牠們根本沒感覺到威脅。

牠們的糾纏讓葵娜真心感到厭煩，一聲「發射」令下，可悲的卡羅貝亞鳥群三秒就消失得無影無蹤。

吵死人的鳥叫聲消失一陣子之後，莉朵害怕地探出頭來。

「……恐怖的大鳥呢？」

「別擔心，我已經打敗牠們了。露可妹妹也出來吧！」

邊拍露可的背邊催促，露可這才終於探出頭來。

身體還緊緊纏繞著葵娜的斗篷，完全止不住顫抖。

「真、真不愧是冒險者大姊姊，超強耶。」

只有努力撐著沒昏倒的拉德姆從頭到尾看著葵娜擊敗卡羅貝亞。

他望著葵娜的視線染上尊敬與欣羨，但不能讓他以為這是普通的魔法師。

只是揮揮手就能施展魔法的葵娜早已是脫離常識的聚合體。

普通魔法師無法單獨與卡羅貝亞鳥群為敵，也沒辦法一次擊出數百發攻擊。

如果以她為基準，不管去見哪位宮廷魔法師都幾乎只會感到失望與沮喪吧。

莉朵被拉德姆興奮的樣子吸引，要他說說葵娜的英勇表現。

本人只說了「發動攻擊，把牠們打掉」，所以由拉德姆代為闡述。

「超級厲害的耶，閃閃發亮的東西包圍住我們，還以為消失不見了，沒想到魔獸也全部掉下去了！」

想著「哎喲，還解說會讓人家害羞耶」的葵娜聽到他的說明，只能苦笑。

莉朵和露可大概完全無法理解，纏著拉德姆要他說得更詳細一點。

「呃，就是……」

「你這樣說也聽不懂啦！葵娜姊姊，妳做了什麼啊？」

「跑過來問我了啊。嗯～～我發射了很多冰魔法攻擊。」

「什麼，那是冰魔法啊！我第一次看到。」

「……葵、娜、姊姊……會用、很、厲害的……魔法、喔。」

「露可也有看過嗎？」

露可看過的幾乎都是【召喚魔法】，巨大的藍龍似乎是那個很厲害的魔法。

莉朵只見過讓日常生活方便一點的小魔法，所以也無法稱得上厲害。

雖然對這些在村莊裡過一輩子的人來說，都是超規格的魔法就是了。

「大家快看快看，接下來要飛過艾吉得大河上面，河面很寬要仔細看喔。」

要是他們對魔法太感興趣，希望葵娜教他們，那葵娜就真的頭大了。

所以出聲提醒他們把注意力擺在周遭景色上，別繼續這個話題。

「誰不知道艾吉得大河啦，到對岸超級遠的耶。」

如果拉克斯一家是在葵娜母子合作的橋完成後渡河，那時應該看過了吧。

這次不是橫越大河，而是順著河流往下游的方向去。

如果太往下游去就要到費爾斯凱洛王都，所以預定只到過橋之後不遠。

途中還有靠近瀑布的溪流，以前利用河川運送木材的工匠大概很辛苦吧。

黑魯修沛盧國境的守衛應該看不到，若真的被發現了，葵娜打算拿孫子的身分出來用。

一開始原本想貼著河面飛，但要是撞上自己做的橋就尷尬了。

所以盡量拉升高度，在河面上快速飛行。

左右河岸都是森林，彷彿某種賽道的臨場感讓孩子們大為興奮。

聽著孩子們的歡聲，葵娜回想起：「還記得戰爭時潛伏在水中，然後從紅國敵軍的背後偷襲呢。」

現在不知道河裡住著什麼，所以她也不想潛下去。

她是覺得自己會贏，但要是在河裡碰到大王蜻蜓的幼蟲，她有自信絕對會驚慌地用不手軟的魔法攻擊。

而那大概會改變河川的流向，或是引發土石流之類。

後續肯定會很恐怖。

就在葵娜遙想以往記憶時，他們已經越過母子共同合作完成的橋了。

「咦……？」

越過橋是無所謂，但同時似乎看見什麼奇怪的東西，令葵娜歪過頭。

光顧著孩子們的安全，沒有確實辨識與風景融為一體的橋上有什麼東西。

就在葵娜想著自己是不是太專注回憶時，莉朵拉了她的衣服。

「葵娜姊姊！剛剛的橋上有馬車！」

拉德姆也吵吵鬧鬧大喊：「橋、橋！」

沒辦法，葵娜只好問第三隻眼。

「奇奇，剛剛橋上有什麼？」

『大概只有被魔獸攻擊的馬車吧。』

「嗯，被魔獸攻擊，咦咦咦咦咦咦？」
葵娜慌慌張張命令獅鷲獸停下來，但這和在地面奔跑不同，無法緊急剎車。
乖巧遵守召喚主命令的獅鷲獸先拉升高度之後再迴轉。
葵娜這段時間用【遠視】確認橋上，有幾輛馬車在那裡動彈不得。
遭巨魔前後包夾，看起來似乎是走投無路了。
葵娜見過其中幾輛馬車。
大概是艾利涅商隊的一部分。
但是葵娜現在還帶著孩子，她的思考陷入了死胡同。

◆

「哎呀呀，進退不得了呢。」
艾利涅確認在橋的正中央根本束手無策，瞇起眼睛想著是否該痛下決心。
前有巨魔，後有哥布林。
就算阿比塔的「火炎長槍傭兵團」以武藝聞名，團長不在，加上只有一半不到的人數，應該很難保全三輛馬車。
「我還以為我走好運了呢……」

幾個絕不算大的木箱堆放在馬車上。

艾利涅瞄了一眼後，露出放棄的表情低喃。

這是堺屋的大老闆直接委託的貨品，要送給定居在邊境村莊的葵娜。

僅僅數個木箱，運費就媲美其他塞滿整輛馬車的分量。

大概是利潤相當高的東西。

不久前他還和身邊的阿比塔輕鬆笑著說：「全多虧小姑娘大人呢。」

沒想到急轉直下遇見這緊急危機，讓人不得不為這世界上幸運與不幸間的平衡咂嘴。

而且艾利涅的商隊之所以會遇到這種困境，全是因為遭到魔獸攻擊。

就在上上次相同地點，肯尼斯才身負重傷，所以艾利涅不認為他們有放鬆警戒。

第一次遇襲是在經過黑魯修沛盧國境後不遠處。

一隻巨魔和三隻哥布林從後方現身，阿比塔帶著一半的同伴前往應對。

商隊原本預定在稍遠處等候。

但魔獸的目的是要拆散阿比塔等護衛與商隊。

旁邊的森林又跑出五隻哥布林追趕商隊。

在副團長的判斷下，他們決定提高馬車速度甩開哥布林。

甩開纏人的哥布林時抵達橋邊，正當他們快要完全渡河，對岸出現了三隻巨魔。

剩下的團員奮力抵抗時，哥布林從後方追上來了。

遲遲沒有會合的阿比塔那頭，大概也有增援的魔獸絆住他們的腳步吧。
完全無法想像是「稍微有點智慧」的巨魔會採取的作戰方法。
感覺背後有某個人物的意圖，這相當有組織的行動讓艾利涅不寒而慄。
而且剛剛還有巨大生物從上方經過，好像有相當不得了的事情正在水面下進行。
……這或許只是想太多，但艾利涅相當心神不寧。
現在在面積有限的橋上還勉強能應對，如果這邊也有增援魔獸前來，不管怎麼看都防不了吧。
【魔法技能：load：電光橫掃(Boa lu lud)】。
就在此時，有人對他們伸出援手。
好幾條燒灼空氣的電蛇從河川下流直伸而來，無視橋與馬車，朝和副團長他們攻防的三隻巨魔身上刺去。
巨大破壞力超乎想像，肩膀遭到攻擊的巨魔腰部以上瞬間碳化。
被射中腹部的巨魔只留下膝蓋以下與頭部，整個身體碳化崩解。
而一次遭受數條電蛇攻擊的巨魔完全化作黑炭。
副團長和艾利涅等人的視線朝魔法飛過來的方向看，葵娜就飛在不遠處的半空中。
「「葵娜閣下！」」

還來不及驚訝，商隊後方橋邊接著發生下一個異狀。水面往上鼓脹，出現連最前列的馬車都會被淋濕的大水柱。

當然，已預想可能性的葵娜對整個商隊張開【結界】，一滴水也沒噴到。

受影響的只有在最後面不停找碴的哥布林。

五隻哥布林都被有方向性的水彈沖飛，溺水順著水流而去。

不管怎樣，就算牠們還留在橋上，也會被從水中出現的水巨人蹂躪。

對哥布林來說，不知哪個才算幸運。

「葵娜閣下！想拜託妳一件事！」

降落橋面的葵娜伸腳踢了變成炭灰的巨魔時，副團長喊住她。

「啊，是副團長耶。你沒事吧～～？」

「葵娜閣下，不好意思，可以暫時麻煩妳護衛商隊嗎？」

「喔，是可以啦。」

葵娜不明就裡地點點頭。副團長向艾利涅說一聲後，帶著剩下的團員往來時路奔跑。

「團長，拜託你要平安啊～～～～！」氣勢相當驚人。

葵娜嚇傻了目送他離去，艾利涅朝她鞠躬。

「葵娜閣下，非常感謝妳。多虧有妳，人和貨物都平安無事。」

「咦？啊啊，我剛好經過真是太好了。」

「啾～～嚕～～」
「啾嚕嚕嚕～～」
邊叫邊飛過來的就是兩頭獅鷲獸和吊掛在牠們身下的巨大西洋棋。
獅鷲獸停在半空中，三個孩子從城堡模樣的西洋棋上探出頭來。
其中一人是艾利涅也認識的旅店女兒莉朵。
「原來剛剛經過的是這個啊……」
「我帶他們來一趟遊覽飛行啦，能緊急趕上真是太好了。」
艾利涅看著停在半空中的兩頭獅鷲獸，瞇起眼睛。
「說遊覽，這還真是恐怖的同行者呢。」
「也沒那麼恐怖啦，但牠們的毛茸茸觸感應該更勝艾利涅先生喔。」
「……毛茸茸？」
葵娜看艾利涅的眼睛帶著猛禽類的光芒。
艾利涅全身寒毛直豎，不好的預感讓他遠離葵娜。
「……啊。」
露出遺憾表情的葵娜沒有更進一步動作。
也不能一直待在橋上，他們決定先過橋。
在寬闊處停下馬車，葵娜聽完事情概要後向艾利涅介紹露可。

順帶一提，因為不知道還會發生什麼狀況，莉朵和拉德姆留在西洋棋上。

獅鷲獸就在西洋棋左右休息。

「喔，這是葵娜閣下的女兒啊？」

「……我叫、露可。」

露可小聲說著，緊抓住葵娜的腰間輕輕點頭。

「我叫艾利涅，請多指教。」

露可難得在被催促前自己開口打招呼，葵娜看起來很開心。

隱約發現葵娜有多溺愛女兒的艾利涅不禁苦笑。

「話說回來，巨魔很少會這樣做嗎？」

「是啊，牠們應該不可能會有這種作戰方法。這件事等阿比塔閣下回來，一切安定下來再談吧。」

在遊戲中因任務設定，也常見魔獸採取組織性行動的狀況。

葵娜發現自己這方面的認知有出入，所以不太能理解。

「啾嚕嚕～～」

替思考的主人當哨兵的獅鷲獸發出警戒叫聲。

因為牠看見一群人吵吵鬧鬧地從橋的那頭走過來。

走在最前方的阿比塔一看見獅鷲獸，立刻繃起臉。

他戰戰兢兢地靠近，在看見葵娜的身影後鬆了一口氣。
被一群粗獷男人嚇壞的露可躲在葵娜身後。
「阿比塔先生，辛苦你了。」
「喲、喲，小姑娘。」
「葵娜閣下，不好意思，非常謝謝妳。」
副團長先道謝後讓團員站好配置位置，開始做讓商隊繼續前進的準備。
阿比塔也發現露可的存在，但他沒有勉強打招呼。
「有人受傷嗎？」
「噢，不要緊，這點小傷算不了受傷。」
傷最重的是左手纏繃帶的肯尼斯。
一臉說著「又是你啊」的葵娜靠近後，肯尼斯揮揮雙手表示沒事。
判斷自己離開也沒問題的葵娜帶著露可回到西洋棋上。
「那我在村莊等你們，到時再說吧。」
葵娜命令獅鷲獸起飛後，對艾利涅說了一聲。
獅鷲獸在主人的命令下掀起強風緩緩上升，朝邊境村莊飛去。
目送他們遠去的阿比塔臉上掛著明顯的不滿表情。
「什麼嘛什麼嘛，小姑娘難得這麼冷淡耶……」

「從優先順序來看，我們輸給她女兒啊。」

艾利涅噗哧一笑，就葵娜的女兒控行徑來看也是理所當然，這讓阿比塔更加困惑。

這次已經是第二次遭受相同魔獸攻擊，所以也特別小心警戒與巡邏。

因此，商隊抵達村莊時早已天黑。

艾利涅搶在更晚前把要交給拉克斯工務店的東西送過去，結果看見大大方方擺在店門前的招牌而噴笑。

晚上，葵娜也到旅店露臉，但不知為何她帶著洛可希努前來。

露可白天玩累了，早早就上床睡覺，洛可希錄斯留著看家。

據跟葵娜前來的洛可希努表示，是「趁現在見面，先給出手快的人下馬威，今後就不會有人亂出手了」這個相當粗暴的理由。

當然，洛可希努人工設定的美貌引起部分傭兵團員興奮騷動，想要搭訕她。

而洛可希努面無表情地擊退一個接一個上前的人。

她的回答如下：

「你先去換一顆頭之後再來吧。」

「你不先醉成那樣就不敢找女人說話嗎？」

「別口吐臭氣靠近我，骯髒至極。」

「你看起來不像有足以養兒育女的儲蓄耶。」等等。
其中交雜著再正確不過的言論，深深挫敗男人們的心。
與其說被一刀兩斷，更像是粗箭狠狠刺進身體，上前攀談的人一一被擊落。
「喂，小姑娘，妳家的女僕是哪來的惡鬼還什麼啊？」
一開始說著「喂喂，要適可而止啊」把這一幕當下酒菜的阿比塔，看見被話語之箭貫穿而屍橫遍野的部下，也被洛可希努嚇得退避三舍。
「唉，那是我損友的系譜，個性大概跟他一個樣吧。」
幾個關鍵字化為飛濺的火花，也有村裡的單身男子摀著胸口低下頭。
其中還有人說「我老媽很恐怖」，匆匆喝一杯酒就跑回家。
看見這嚴重的被害狀態，瑪雷路也傻眼了。
「真是的，不過就是說不過人家，真是沒用的男人。」
不對，瑪雷路感到傻眼的對象是男人們。
葵娜鬆了一口氣。好險瑪雷路沒有責備她妨礙旅店做生意。
「喂，老闆娘！把這個艾爾啤酒全端上來啊！」
「這不是艾爾啤酒，是啤酒，從葵娜那裡進貨的。」
阿比塔似乎很喜歡啤酒，不停加點，這讓瑪雷路直接公開啤酒的來源。
「妳說什麼！葵娜閣下，請務必說詳細點！」

「真不愧是艾利涅先生，行動真迅速呢。」

看見艾利涅立刻表示興趣，葵娜也只能苦笑。

「但是對不起喔，艾利涅先生，這個已經去和凱利克商量原料的進貨和商品販售了。」

「唔，堺屋的大老闆啊……那麼就算只有優先權也好，可以趁現在先給我們嗎？」

艾利涅似乎已經想到堺屋銷售通路之後的事情了。

「你會不會想太遠了啊？」

「說那什麼話，口味如此純淨的艾爾啤酒可是其他地方看不到的，絕對有市場需求。」

「這不是艾爾啤酒，是啤酒。」

看來他似乎相當喜歡。

不只艾利涅，他的同伴和火炎長槍傭兵團的成員也一杯接一杯，看這副模樣就知道。

雖然在洛可希努的狠毒發言影響下，來晚酌的村民少了大半，但商隊相關人士的消費實力驚人。

下酒菜也一盤接著一盤加點，路依奈和莉朵忙著來回於吧檯與座位之間。

這在開始出現喝醉的人之後慢慢平息。

而繼昨天，葵娜今天也接下了把醉鬼送回房間的任務。

「那麼，這個是要送給葵娜閣下的物品。」

艾利涅替葵娜送來的是堆疊在大門前，五個有橘子紙箱大小的木箱。

裡頭傳來「喀啦喀啦」硬物撞擊的聲音，且非常重。

洛可希錄斯原本打算拿出鉞釘器，但葵娜阻止他，拔出符文劍橫向一砍，把蓋子部分砍下。

突然看到這驚人美技，艾利涅也只能苦笑說：「嗯，因為是葵娜閣下嘛。」

不管在他面前發生多不可思議的事情，似乎都能用這個理由帶過。

他的反應和遊戲時代早已放棄的老友相似，讓葵娜遙想過往。

箱子裡頭裝滿了深灰色的小礦石。

從魔力反應來看，其他箱子裡也裝有相同物品。

「石頭？」

「哦～～我明明只說了特徵，他竟然幫我找來這麼多啊，凱利克的手腕還真厲害。」

看見滿滿五箱的魔韻石，葵娜十分佩服。

明明只對凱利克說了「可以把魔力存在裡面」、「會出現魔力反應」等訊息，竟然能準備這麼多，只能讓人佩服他的手腕了。

就算艾利涅用他鑑定物品的眼光來看，也只覺得是路旁的小石頭。

他沒想到收下高額運費送過來的東西竟然是石頭，感到有點失望。

但葵娜每開一箱都佩服一次，可見這似乎不是普通東西。

而且說起來，想辨別這個就需要【魔法技能：鑑定】。

凱利克手下似乎有玩家，或者是接近玩家的人物。

光這樣就讓往後更容易確保魔韻石來源，葵娜又往上修正對孫子的評價。

葵娜從一個箱子中抓起一把石頭，當場合成、去除雜質，轉換成直徑五公分大小的灰白色圓球。

【技術技能：封入（Install）：火炎】。

葵娜掌上的圓球瞬間變紅色，在旁觀看的艾利涅和阿比塔也露出驚訝表情。

她接著把圓球直接丟在地上，對身邊的艾利涅說：

「艾利涅先生，你可以命令它一下嗎？命令的時候別探頭上前去看。」

「喔，那個，我要說什麼好？」

「請你說『神啊，請賞賜給我們火焰吧』。」

艾利涅半信半疑地朝圓珠重複葵娜剛剛說的那段話。

才剛說完，圓珠就噴出高達三公尺的火柱。

一個步驟設定好屬性與關鍵詞，注入定量ＭＰ後就能啟動的簡易版魔法陣。

用途廣泛，可以裝在武器或護具上在戰鬥中使用，也可以設置在日常用品中，讓生活變得更便利。

前一陣子從盜賊手中拿到的「可以使用十次火炎球的木杖」就是個好例子。

那類武器多由製作者設定關鍵句，沒辦法重新填充ＭＰ，被當成用完就丟的武器。
只不過威力會隨著製作者的等級改變，遊戲內魔法攻擊力最高的葵娜做出來的武器可是天價。
其他還被運用在迷宮或是公會大廳，要做出季節性或是不同環境時使用。
誇張的是還有人會在迷宮內重現岩漿地帶或是北極圈等景色。
設置在守護者之塔內的東西，就是這個的高級版本。
設計因玩家而有千差萬別，但因為交給營運商設置，有永續效果。
然而這只有擁有技能大師稱號者可以使用。
大概連營運商也沒想到會被帶進異世界吧。
葵娜家裡設置的照明設備也是用了這個，只要彈指就能開關燈。
搬箱子過來的商隊員工和傭兵團員都被突然噴出來的火柱嚇一大跳。
嚇得拉開距離躲到角落，一邊觀察狀況。
因為沒注入多少ＭＰ，火柱一下子就消失了。不過發現自己嚇到人的葵娜連忙道歉：
「對不起，嚇到大家了。」
雖然使用方法多元，但這量太多，葵娜一家人也用不完。
她決定先去找凱利克，請他判斷該怎麼用在商品銷售上。
她拜託洛可希錄斯把箱子搬到置物間。

「原來如此，以前市面上有這種東西流通啊？」

「大家會裝在劍上，也能使用在裝備上，大多都是……迷宮用？」

大概曾聽過這個單字，艾利涅表情怪異地愣住了。

這時，莉朵和拉德姆噠噠噠地跑過來。

大概和平常一樣來找露可。

「葵娜姊姊早安！露可在家嗎～～？」

「你們兩個早安，那孩子馬上來，你們等一下喔。」

「今天繼續教我花環的做法啦，只有我一個做不到總覺得很討厭。」

孩子們跑到從門口探出身子的女孩身邊，彼此打招呼。

然後拉著露可的手朝村莊中央的水井過去。

那在葵娜的視線範圍外，或許是孩子們想要自己特訓吧。

嗯，不知該為露可能離開葵娜去玩耍而開心，還是該感到落寞。

但葵娜完全沒想到幾個小時後，她會無比後悔自己允許了這件事。

「那麼葵娜閣下，請在這張單子上簽收。」

「你還要帶這個回凱利克那裡去吧？來回就要花將近一個月的時間，不是很辛苦嗎？」

「過程確實是很辛苦，但這份工作非常適合我。」

「艾利涅先生明明有那麼大間的店耶。」

葵娜簽收完遞給艾利涅並如此說著，他咧嘴一笑說：

「哎呀，妳已經去過了啊，謝謝光臨。」

「小姑娘，如何啊？老闆的店很厲害吧。」

阿比塔跑來插話，用力搓揉葵娜的頭。

葵娜抓住他的手拿開，表情滿足地對艾利涅說：「我買了個好東西呢。」

「那真是太好了，顧客可以遇到喜歡的東西是我們至高無上的喜悅。」

在「嗯嗯」地點著頭的艾利涅背後，是抱著自己的手幾乎快昏倒的阿比塔。

看見這一幕的團員說那肯定是被扒了一層皮的回擊。

之後又說了最近的物流狀況，以及或許會麻煩他們運送酒桶到堺屋，然後副團長、村長和洛德魯就一同出現了。

「終於來了啊。」

「團長，難得見你這麼早耶……」

「被埋伏了兩次當然會在意啊。」

「不好意思，讓你們久等了。」

昨天沒時間討論如何對付巨魔，所以也找來村長要一起討論今後的事。

也因為商隊遇襲兩次，而且確認牠們是有組織的行動。

根據狀況，可能會由葵娜和火炎長槍傭兵團共同去討伐。

「我們也會留一些人保護村莊。」

「有洛可斯和小希在應該沒問題吧？」

「只有貓姑娘和貓少年，要是一大群進攻應該應付不及吧。問題在於牠們還剩多少。」

「昨天只有葵娜閣下打倒的三隻巨魔和五隻哥布林，領頭的似乎受傷逃跑了。」

不知為何，他們就站在葵娜家門前開起會來。

洛可希錄斯搬出小桌子，洛可希努把茶端上桌。

七嘴八舌討論後，選出要去討伐的人和留下來保護村莊的人。

阿比塔和幾個部隊的菁英是討伐組，副團長和剩下的人是守備組。

葵娜發下豪語：「只要有洛可希錄斯和洛可希努在，守備就完美無缺了。」有團員說話很嗆：「這種少年少女是能做什麼啊？」

阿比塔說：「那去打打看不就知道了嗎？」結果緊急舉辦嗆人的團員和洛可希錄斯的模擬戰。

大家一起移動到村莊入口。

把遠離拉克斯工務店的地方當作舞台。

但這附近除了商隊馬車外空無一物。

「小希，妳覺得結果會怎樣？」

「除了野貓獲勝外還有其他結果嗎？那個的實力我最——清楚了。糞渣程度的力量能贏過野貓？也太沒眼光了吧，只要交給我，我就能取其腦袋。」

「不行，這只是模擬戰，妳別一開口就想取人腦袋啊。」

聽到這段話的部分團員立刻火冒三丈，但看見模擬戰結果後就閉上了嘴。

結果是洛可希錄斯壓倒性勝利。

短劍一瞬間就抵到對方的脖子和心臟前，對方分毫未動就輸了。

阿比塔理解兩人都有這種程度後，也決定帶著包含輸家在內的少數菁英去討伐。

順帶一提，在阿比塔眼中，葵娜是個魔法和近身戰程度還不錯的小姑娘。

實際上，葵娜的魔法有亡國程度，而近身戰只要用奧普斯傳授的打架殺法，就能滅了整個傭兵團，但也要看她本人願意展露多少。

「……然後，阿比塔閣下，我有個疑問。」

「什麼疑問？難不成老闆你也要去？」

「在這之前，你知道對手在哪裡嗎？」

「「「…………」」」

艾利涅這單純的疑問，讓至此意氣高揚的傭兵團立刻沉默。

更別說阿比塔了，明顯在躲避視線。

剩下的問題就是不知道最重要的事情。

最重要的是巨魔們的據點。

「連有沒有據點都不知道就要出門嗎？阿比塔先生啊……」

原本以為「「大概有什麼頭緒吧」」的葵娜知道後，也傻眼得無話可說。

「昨天到處飛時，我也沒有閒工夫去注意那些耶。」

在遊覽飛行中，葵娜最優先在意的就是孩子們的安全。

而且一般來說也不會覺得森林裡有什麼東西的基地。

「洛德魯有想到什麼嗎？」

「就算是我，也沒踏進過森林深處耶。」

洛德魯頂多只會到森林入口附近，所以他絲毫沒有頭緒。

期待只會射箭、設陷阱的村民拿出超越於此的成果就太過分了。

艾利涅拿出地圖來和阿比塔等人加以推測。

得出應該就在容易取水且被樹木包圍的隱密地點，壞魔女住的樓塔（葵娜泛淚）前面，森林深處的河邊。

如果是這個位置，只要躲起來確實可以看見渡橋的人，也容易發動攻擊。

慎重起見，葵娜也用自己的技能確認。

【獨特技能：天啟】。

（在沒有營運商的世界中，這個真的能用嗎？）

雖然疑惑，但想確認不清楚的資訊時，這是最好的技能。

妖精妹妹不知為何飛到葵娜面前，雙手橫舉，雙腳併攏伸直，擺出十字架的姿勢。

表情認真地閉上眼，開始發出淡淡燐光。

完全搞不懂她在幹嘛，也不認為問她能得到答案。

葵娜總之讓妖精妹妹隨心所欲去做。

當然，除了葵娜之外，沒有人能看見妖精妹妹。

「好，稍微占用一點時間喔。」

「幹嘛？小姑娘要占卜嗎？」

「哈哈哈……嗯，很類似。可能會發生有點奇怪的事情，還請別在意啊。」

「「「奇怪的事情？」」」

大家全都一臉不可思議地看著葵娜拿出人頭大小的水晶球。

這是過去在遊戲中被認為和【美麗灑落的玫瑰（凡爾賽玫瑰）】不同方向的怪技能之一。

效果是可以回答玩家五個疑問。

而它回答的方法是……

「半徑六十公里內有巨魔的巢穴嗎？」

叮咚～～！

頭頂上突然出現毫無緊張感的電子音，在場所有人全嚇慌了。

這是當然，突然從頭上一片廣闊的藍天聽到平常沒聽過的聲音，任誰都會嚇一跳。

而這個聲音會讓玩家身邊的所有人都聽見。

在遊戲中，大多是玩家從現實世界帶填字遊戲類的東西進入遊戲，然後用這個方法來對答案。

雖然是會留下「為什麼要把那種傳統遊戲帶進ＶＲＭＭＯ遊戲中消磨時間呢？」這樣的疑問啦……

也就是說，這是個是非題技能。

使用上有幾個條件。

第一，使用者要確實問出問題。

第二，得準備一個水晶球。

第三，要在藍天下進行。

順帶一提，葵娜之所以問「六十公里」，是因為從這邊到葵娜的守護者之塔大約是這個距離。

「那在南邊嗎？」

噗噗～～！

「那位於這邊的北邊嗎？」

叮咚～～！

「那是個洞窟嗎？」

叮咚～～！

「我常常在想，這個技能應該不需要水晶球吧？」

Boooooo——！

「…………幹嘛啦，很恐怖耶。」

不理會大家全都恐懼地看著空無一物的頭上，接連提問的結果，證實阿比塔的推測應該沒錯。

大概是被最後的回答戳到笑點，只有洛可希努一個人笑到不停發抖。

妖精妹妹在技能結束的同時，一副大功告成的表情擦擦額頭上的汗。

感覺像是個資深的體力勞動者。

雖然問了半徑六十公里，但距離艾吉得大河應該不到二十公里。

他們也推測不會離太遠。

就阿比塔推估，在葵娜的幫忙下，中午前應該能抵達。

「阿比塔先生也終於把人當萬事通對待了啊……」

「不不，能用的手段要全部用上，身為冒險者，這是理所當然吧？」

「是啊，我一開始就打算使出各種手段，所以是沒差啦～～」

葵娜先召喚出【風精靈】去巡視，接著召喚出麒麟。

和某啤酒品牌上的那個完全相同。

順帶一提，牠的鬃毛和尾巴上沒有寫著麒麟字樣。

大約騾子大小，四隻腳沒有著地，微微懸空。

阿比塔等人當然沒有見過，麒麟外表看起來有股莊嚴的氣氛，大家全躲遠遠的。

「葵娜小姐，那是什麼啊？」

被同伴肘擊側腹，肯尼斯只好代表發問。

肯尼斯是留守組，但他是葵娜在傭兵團中繼阿比塔之後第二個要好的人。

是葵娜做出什麼時會被推出去代表問問題的可憐人物。

葵娜邊撫摸麒麟的鬃毛邊拜託牠，對大家警戒的態度感到不解。

「這叫作麒麟啊，你們不知道嗎？」

傭兵團員、艾利涅和洛德魯一起搖頭。

在遊戲中，麒麟被分類為稀有怪獸，沒有很多人知道。

這是因為牠棲息於天界，還被當成沒有等級的非戰鬥角色看待。

但牠擁有許多玩家沒辦法獲得的獨特技能，只要好好選擇時間與場合，就會變成相當好用的萬事通。

因其特殊性，召喚的玩家也得同時受到諸多限制，這就是最大的缺點。

但要單獨完成探索任務，牠相當受到重用也是事實。

阿比塔要在出發前確認裝備，還要討論傭兵團分兩批的細節，葵娜暫時與他分開，帶著洛可希努去找露可。

沒多久，就找到在公眾澡堂後方偷偷摸摸商量著什麼的孩子們。

「露可妹妹？」

「……唔！」

「嗚哇哇！」

「哇呀！」

葵娜一出聲，三個人嚇得跳起來跌坐在地。

葵娜扶孩子們起身，說著「對不起啦」道歉。

她蹲下身與露可平視，摸摸她的頭說：

「我要出門一下，對不起喔。如果有什麼事情就找小希，知道了嗎？」

葵娜很抱歉地慢慢說完，露可嚇得睜大眼睛，視線在身後的洛可希努與葵娜之間不安地游移。

「小姐，雖然我比主人不可靠，還請妳不吝吩咐。」

「葵娜姊姊，沒、沒問題啦！」

「對，沒錯沒錯！我們會和她在一起。」

表情慌張的莉朵和拉德姆握住露可的手，拚命點頭。

葵娜抱緊露可並輕拍她的背，拜託另外兩人之後起身離開。

莉朵和拉德姆不知為何一起重重嘆了口氣，發現留下來的洛可希努拋來冷淡的視線，就連連喊著「什麼事都沒有」，拉著露可躲到房子後面。

洛可希努基本上對主人與露可以外毫無興趣，所以她先回家一趟做家事。

「那麼，洛可斯，村莊就交給你保護了。」

「是的，小姐也請交給我們。」

洛可希錄斯、村長和瑪雷路到村莊入口目送一行人離開。

剩下的團員早已分散到村莊各處。

阿比塔穿上平常的完整裝備，還有前鋒穿上全身的板甲。

葵娜除了和平常相同的妖精王長袍，還有一開始就當首飾掛在耳朵上的如意棒，以及飄浮在她身邊的七色水晶球。

光一個就散發出驚人的魔力，讓阿比塔誤以為是決戰裝備，相當害怕。

七色水晶球是葵娜自製的魔法增幅道具。

這是模仿銀環做出來的東西，但因為成本與性能限制，只能用在防禦上。

如果對手不是玩家，這就足夠了。應該啦……

『正北邊大概是那個方向。』

「那麒麟，直直往那邊走吧。」

拿出以前和奇奇一起畫出來的周邊地圖，和預定的行進路線對照。
艾吉得大河斜向縱貫大陸，葵娜的守護者之塔勉強算在河川的南側。
前往黑魯修沛盧的街道朝西北邊延伸，往正北邊的路線會穿越森林。
葵娜以那邊為目標，指示麒麟前進的方向。
麒麟點點頭照指示行動，無視街道朝森林邁開腳步。
葵娜預定之後配合出去巡邏的【風精靈】的消息，逐漸修正前進方向。
「喂、喂，小姑娘，妳打算橫越森林嗎？那很花時間耶。」
「哎呀，你看了就知道。請別脫隊，要確實跟上喔。」
阿比塔等人半信半疑地跟在後面，看見森林在麒麟踏進一步後往兩旁「讓開」的畫面，嚇得睜大眼。
一行人通過後，後方的森林又恢復原貌。
巨木、荊棘，就連下方雜草也開路讓道。
比起那頭名為麒麟的怪獸，他們更有種操控麒麟的女性該不會是神的使者的錯覺。
「麒麟，也麻煩你用【行軍】。」
麒麟點點頭，吹起綠色的風包圍住大家。
真要解釋的話，就像出現了一個行進方向被包圍在隧道中的風之迴廊。
這個魔法似乎比她之前施展的魔法更高級，風景流逝的速度明顯變快。

感覺整隊人被包圍的風之走廊運送，阿比塔感到驚慌：「如果無法逃脫該怎麼辦啊？」

「什麼？被發現了？」

而破壞這種感覺的就是始作俑者驚訝的大喊。

◆

現在把時間往回拉，回到討伐隊出發前的村莊。

上門帶走露可的莉朵兩人向葵娜打聲招呼後，就跑到公共澡堂後方進行祕密作戰會議。

「我昨天找到了喔，離村莊不遠。」

「可以馬上去馬上回來嘍！」

「？」

看見兩人莫名興奮，露可被丟在一旁完全搞不清楚狀況。

潑情緒高昂的兩人冷水很不好意思，但露可還是拉拉莉朵的衣服，歪頭表示不解。

露可原本就不多話，經過幾天相處後兩人也理解她是怎樣的人，於是拍拍她的肩膀讓她安心。

「之前啊，不是提過我們可以去葵娜小姐看不見的地方做花環嗎？」

「我們昨天飛上天時發現了一整片的花海。」

「我們趁葵娜小姐不在的時候去，然後迅速做個漂亮的花環回來吧！」

「……但是，外……外面、很危險。」

露可低頭小聲說，矮人族少年拿出一個藍色淚滴形寶石給她看。

莉朵也沒見過，一臉不可思議地看著寶石。

「嘿嘿嘿～～這是我從店裡偷拿來的，是用在法術上的東西喔。」

這是常見法術使用的東西。

只要到城裡，從小型道具店到路邊攤都有販售，相當普遍。

使用方法是最起碼需要可以畫出五芒星的五顆寶石。

或是在身邊擺上無數個，無數的點連結後就可以形成一個圓頂形狀的安全地帶。

基本上只有一個也有逼退魔獸的力量，但相當微小。

一般來說，在店裡是成組販售，但沒出過村莊的孩子無法判斷一個能發揮多大效用。

拉德姆也是一路旅行到邊境村莊，不過家人沒讓他碰過這東西，所以他也不太清楚。

從未實際體驗魔獸威脅的兩人相當樂觀。

拉德姆會偷拿寶石出來也是因為才剛被葵娜罵過，但孩子們完全想不到一知半解反而讓危險度大增。

因為村莊裡有絕對強者（葵娜）這守衛高手居住，村民心中有著「魔獸根本沒什麼大不了」的安心感也在背後推了一把。

當然，認為這種氣氛不好的村長，以及近身接觸村外危險的洛德魯等獵人們都會告誡其他大人，卻沒有警告小孩。

在無數偶然的不幸交疊下，兩人的自大就以這種毫無根據的自信呈現。

只有遇過滅村災難的露可心中刻印著對魔獸的深深恐懼。

所以，她也發現了兩人「在葵娜看不見（聽不見）的花海做花環」這句話中的矛盾。

「葵娜現在離開村莊，那在村莊裡做花環不就好了嗎？這兩個人在說什麼啊？」

露可無從阻止視野狹隘且無比興奮的兩人，就這樣開始準備外出。

結果，拉德姆強硬要求：「不可以跟大人說！」露可也沒辦法告訴洛可希努，被莉朵推著走，偷偷摸摸溜出村莊。

露可緊握葵娜說著「發生意外的時候就向它求救！」交給她的項鍊，祈禱葵娜也會保護朋友們。

結束每天早晨、傍晚的例行公事，巡視村莊一圈回到家的洛可希錄斯看見洛可希努不悅地站在主人家門前，因而皺起眉。

她一臉煩躁，雙手環胸雙腳大開站著，毫無意義地朝周圍發射銳利視線。

那銳利的眼神甚至讓在村莊裡暢行無阻的雞群昏倒。

「怎麼了？」

「我和小姐約好要一起做菜，但我找不到她。你才剛例行巡邏村莊回來吧？你那雙沒用的眼睛有看到小姐嗎？」

照慣例，洛可希努的發言不知是在嗆人還是損人，但這是她的標準配備，認真就輸了。

洛可希錄斯回想他早上去過的地方。

打掃公眾澡堂的男生浴池，在村民拜託下幫忙修理獨棟房子的屋頂，接著收到簡單的點心當謝禮。

沿著村莊外圍繞了一圈，只有看見幾隻小型魔獸。

牠們一和洛可希錄斯對上眼，立刻落荒而逃。

他也去看了農田那邊，但沒看見平常總是到處玩耍的孩子們的身影，也沒聽見聲音。

「這麼一說，我沒看見他們呢。」

「主人前腳才走，這真是太失態了。得趕快找到小姐，確保小姐安全才可以，就算會被懲罰的人是你不是我。」

如果不在村裡，極有可能是跑到村外了。

即使周邊沒有什麼危險，也並非毫無魔獸。

就在洛可希錄斯一間房子一間房子慢慢找時，搭浴缸魔偶移動的蜜咪麗喊住他：

「啊～～找到了找到了，小哥小哥！你是葵娜小姐那裡的人對吧？」

「是這樣沒錯，我記得妳是洗衣店的人魚蜜咪麗小姐吧。」

「呃，是這樣沒錯啦。你這種除了主人，其他人全都無所謂的態度不太好喔！就算你說話很有禮貌，還是感覺得出來。」

洛可希努也就算了，洛可希錄斯很意外自己會被這樣說。

他明明是帶著敬意與村民們相處。

但就算帶著敬意，他心裡深處也不打算與大家深交。

說好是好，說不好也是不好，他和她都是為了服侍葵娜所創造出來的人物。

沒想到只是見過幾次面就被看穿了。

「妳叫住我就是為了說這個嗎？我趕時間就先失禮……」

「哇～～！等等等等！小哥你是不是在找莉朵他們啊！」

蜜咪麗拍打著浴缸裡的水，慌忙喊住打算離開的洛可希錄斯。

「是這樣沒錯，妳知道他們去哪裡嗎？」

「剛剛澡堂外傳來他們的聲音，好像在講花啊、外面之類的，從對話內容聽起來，他們三個應該在一起。我有不好的預感想去叫住他們，結果他們已經不見了。我沒辦法，想直接去找他們，就看見你到處跑……」

蜜咪麗越講越小聲，洛可希錄斯對她感到相當敬佩。

她明明是無法自由行動的種族，卻因為擔心孩子而跑出來。

「蜜咪麗小姐，非常感謝妳提供的消息。」

「咦？啊……」

洛可希錄斯轉頭面向蜜咪麗，打直腰桿朝她九十度鞠躬。

這是管家最誠摯的謝意。

因為他認為得傳達出最大的感謝才行。

蜜咪麗被這高雅的行禮所震懾，完全停下動作。

洛可希錄斯轉了個方向打算離開時又加上一句：

「啊啊，還有，妳要找人可以，但別讓那個魔偶出村莊比較好喔。」

「……咦？」

「…………什麼？」

「不管怎樣，那都是葵娜大人做的東西，極有可能為了保護妳而變形合體。」

這是表現出對葵娜理解差距的瞬間。

蜜咪麗用看奇怪東西的眼神看著自己搭乘的浴缸，全身僵硬，洛可希錄斯快步離開。

如果葵娜在場，大概會大喊：「那只是個單純的搬運用魔偶啦！」

順帶一提，這個誤會到葵娜回村莊為止都沒有解開。

就在洛可希錄斯想去找洛可希努會合時，被在拉克斯工務店前講話的瑪雷路和思雅喊住了。

「你怎麼這樣匆匆忙忙的啊，怎麼了嗎？」

「發生了一件重大的緊急事件。請問妳們有看到我家小姐嗎？」

主婦兩人瞬間愁眉苦臉。

光看她們的樣子，洛可希錄斯就證實了蜜咪麗給的消息無誤。

「都快要中午了，到處都找不到莉朵。」

「不好意思，我家的拉德姆好像把法術石拿走了，大概是把那當成護身符吧……」

思雅也說著：只有一個法術用的結界石是能做什麼啊？

「希望你們可以幫忙村民」——這是葵娜一開始對洛可希錄斯兩人下的命令。

他和洛可希努會合，答應瑪雷路和思雅會把孩子們平安帶回來後，跑出村莊。

火炎長槍傭兵團的留守組分為兩人一組，主要在村莊的出入口與外側警戒。

他們沒有注意孩子們穿過拉克斯工務店後方的樹叢，看好時機橫越街道。

孩子們就這樣走進另一邊的森林裡，戰戰兢兢地在昏暗的森林中前進。

從上空看到和實際上踏入，兩者森林的氛圍完全不同。

孩子腳程慢加上路不好走，他們抵達目的地花海時早已日正當中。

那邊是一小片廣場，一角長滿白色與藍色的花朵，稍遠處也開著黃色與紅色花朵。

廣場中央土壤有被翻動的痕跡，隆起的土堆已經被雜草、青苔和蕨類植物覆蓋。

這裡就是以前葵娜踹飛彎角熊時，彎角熊巨大身體把樹木撞倒一片的現場。

拉德姆確認花海附近沒有危險生物後，三個人集體行動。

此時這方面的專家就會考慮上風處、下風處的問題，但他們完全沒注意。順帶一提，這邊是上風處。

他們毫不知情自己身處危險狀況中，圍成一圈開始做花環。

至少要有一個人負責警戒，但要求沒有任何常識的孩子做到這件事就過分了。只有露可一個人不停觀察四周，然而這也在教拉德姆的過程中漸漸鬆懈。

被村裡沒有的鮮豔與大朵花朵吸引，三人都很專注地埋首製作花環。

發現有令人背脊發涼的東西靠近時已經太遲，花海周遭被野獸群包圍了。

發出威嚇獵物的低鳴聲從樹木後面現身的，是背上和腹部有咖啡色鱗片，名為嘎魯蜥蜴的魔獸，而且還有八隻。

牠們是有狗的外型、修長的腳的褐色蜥蜴，會成群狩獵。

背上的翅膀有皮膜，但頂多只能和飛鼠一樣滑行。

主要都以弱小生物為目標，不會靠近也不會遠離村莊這類的聚落，落單的人或是動物常因此遇害。

對方有八隻，小孩子的腳程應該很難逃跑。

就算逃跑，嘎魯蜥蜴的腳程比他們更快。

進退無路的拉德姆勇敢地拿好刀子，但他的身體不停發抖。

莉朵幾乎沒有出過村莊，也只從洛德魯和葵娜口中聽過，這是她第一次實際看見魔獸。
實際感受其恐怖，臉色蒼白、全身僵硬。
露可也和兩人相同，白了一張臉全身發抖。
她自然地握緊脖子上掛的項鍊。
這是葵娜到這邊後給她的東西，洛可希錄斯兩人也誇讚「非常可愛」，所以她很喜歡。
葵娜對她說：「發生什麼事情時就向它求救，我在裡面放入了最大的守護。」
恐懼具現化出現在眼前，露可抱著抓住救命稻草的心情用力握住項鍊。
接著祈求，祈求援救。
「救救、我們，葵娜……媽媽。」細語低喃。

——了解。

在場三人的腦海中突然響起強而有力的聲音。
同時，從露可握緊項鍊的手中迸發出白色光芒，將周遭染成一片白。
那不是刺眼的光芒，而是變成包圍孩子們的溫暖光線往下傾注。
而這也是宣告靠著野生本能貪婪面對獵物的嘎魯蜥蜴生命結束的預兆。
一秒，或是只有一分鐘。

光線消逝後，孩子們被藏在某個巨大東西的影子中。
戰戰兢兢地抬起頭，看見龐大的白色物體聳立保護著他們。
頭部往前後長長延伸，幾乎可以壓毀一棟房子。
頭部兩旁延伸出直挺的白銀角。
有著四根尖銳爪子的粗壯手臂，稍微一捏就能把旁邊的大樹折斷。
支撐巨大身體，穩穩踩在大地上的一雙腿，雙腿間可以看見又粗又長的尾巴。
覆蓋身體表面的不是鱗片，而是閃耀白光的羽毛。
這就是澈底變成女兒控的葵娜封印在項鍊中用來保護露可的護衛。
等級990的白龍。
如果張開背上兩對四片翅膀，加上尾巴應該有一座城堡大的巨龍，細長眼窩中的溫柔眼睛與孩子們對上，彷彿說著「交給我吧」揚起嘴角。
與嚇傻眼的孩子們相反，嘎魯蜥蜴夾著尾巴，膽怯至極。
就算抬起頭也無法將牠巨大的身體完整映入眼簾。
身上纏繞的魔力也強大得——不，是極大得幾乎要消除嘎魯蜥蜴的存在。
嘎魯蜥蜴軟弱地「嘎～～嘎～～」低叫，慢慢往後退，在白龍視線離開自己身上的瞬間，集體轉頭迅速逃跑。
但受到「排除威脅露可安全之物」這道命令的魔道具（首飾）封印型召喚式白龍的優先事項是

「排除」。

牠毫不猶豫選擇自身所擁有的現今世上凶狠的攻擊方法。

大口吸氣的同時，周遭的光線也跟著扭曲，在白龍口中收成一束。

從牠微微張開的嘴巴，尖銳牙齒間開始隱約看見彩虹光芒。

低下頭伸長脖子，瞄準一直線跑走的可悲小動物（白龍眼中所見）。

下一瞬間，從牠口中發出可消滅直線上所有東西的爆裂虹光彈（Prism buster）。

直徑有十公尺，不停變色的彩虹光彈著地後，刨刮地面、吞噬樹木，直行前進。

彩虹光彈經過的軌跡上，極光從地面升起高過樹木，強硬地將森林一分為二。

拚命逃亡的嘎魯蜥蜴群瞬間被彩虹光彈追上，驚聲大叫後消失得無影無蹤。

目標消失後仍繼續前進的光彈逐漸變小，在森林中劃出長達數公里的道路後，其威力終於完全消失。

本來應該會吞噬目標後爆炸，但為了不影響到孩子們，白龍努力縮減威力。

從露可三人所在的方向看過去，僅僅數秒就在森林中挖出山谷。

「……超、超強……」

「……唔、嗯……」

「…………」

孩子們看見這史上罕見的凶惡威力，啞口無言。

也對製作露可這條項鍊的葵娜有多超規格感到驚訝。

就拉德姆所知，在黑魯修沛盧也不曾聽過有人能做到這種事情。

在他們頭上慢慢環視四周的白龍輪廓漸漸轉變成燐光，越來越淡。

露可手上的項鍊龜裂的同時，組成白龍身體的全魔力化作螢火蟲般的小光點霧散。

幾乎在同一時間，洛可希錄斯和洛可希努飛奔到孩子們面前。

白龍那般巨大的身體出現，他們也立刻得知所尋之人就在那邊。

白龍太過龐大，連村子那邊都能看見，也引起了大騷動。

第五章
突擊、大哭、女兒控和委託

另一方面，進攻中的討伐隊則是……

「喂，小姑娘啊，發生什麼事情了？妳幹嘛突然慘叫？」

葵娜頭上飄浮著一個雙手合十、一臉抱歉的人偶大小的少女。

那是葵娜派出去巡邏的【風精靈】。

透明的綠色美少女，就阿比塔他們的常識來說，精靈是肉眼看不見的。

葵娜雙手環胸思索，接著向阿比塔等人簡單說明。

「我派出去偵察的精靈被對方發現了。對方似乎有術師，沒辦法強行突擊。」

「巨魔的術師？」

其中一個團員大叫，這名詞讓所有人為之緊張。

巨魔中極為罕見會出現術師，和其他巨魔不同，相當聰明。

其中還有將巨魔王玩弄於股掌之間，操控族群毀滅城鎮者。

但至今未曾聽說有城市被巨魔毀滅，似乎是都市傳說。

「可以把術師交給妳解決嗎？」

「交給我了。」

阿比塔好像想採以毒攻毒，讓葵娜對抗強者的戰略。

再怎麼樣，葵娜也不認為她有辦法和依照阿比塔隨心所欲的指令行動的傭兵團即興合作就能打敗術師。

既然如此，那就負責游擊，或是直接去找最強的敵人還比較有建設性。

（看來似乎是比巨魔更高等的術師。）

而且【風精靈】也沒說術師是巨魔。

大概是擁有能目視精靈能力的精靈種族或其他吧。

在接近目的地時讓麒麟解除所有附加魔法，並將牠送回。

莊嚴的魔獸舔了舔葵娜的臉頰後消失，阿比塔不捨地看牠離去，露出疑問的表情。

「那傢伙不留下來幫忙嗎？」

「噢，麒麟最大的缺點就在這裡。我召喚牠出來時，所有攻擊性行動都會遭到封印。」

就是只能用在探索、高速移動的召喚獸。

如果只為了這個，就能享受其帶來的莫大好處，但這以外的行動只是枷鎖。

聽完葵娜解釋，阿比塔愁眉苦臉地抱胸說：「召喚還真夠麻煩耶。」

阿比塔表示如果已經被發現了，那就要反過來在牠們突襲前先強行攻擊。

據說是不能留給對方思考時間。

照阿比塔指示，葵娜替所有人施加了數倍提升防禦與提升魔法耐性的魔法。

姑且思考陷阱的可能性，從隊伍最前方朝洞窟可能的地點射擊水流類的直線魔法。

【魔法技能‥load‥激流彈波‥ready set】。

空中出現大量的水在葵娜前方集中。

將葵娜包圍在圓筒中發出「轟轟」聲響，逐漸形成砲身的形狀。

水做成的砲台前端設置了彷彿十把以上的長槍成束綁起來的砲彈。

「射擊！」

砲身內的葵娜把手往前伸的瞬間，無數長槍水流如蛇一般高速迴轉，朝獵物突擊。

砍倒樹木、刨刮大地，數十噸的激流與地面平行掀起波濤，一邊將前方所有東西擊碎一邊前進。

團員們對這威力啞口無言，同時想著「哎、哎呀，因為是葵娜嘛……」而感到釋懷。其他人在命令下打算往前奔跑時，葵娜摀住耳朵蹲下。

當然是因為從森林中傳出來的，『好過分』、『鬼畜啦～』、『惡鬼～』、『惡魔～』等謾罵聲全集中在她身上。

「小、小姑娘妳怎麼啦？」

「沒事，我知道會這樣啦，嗯……啊，你別在意，這是我的問題。」

不理解高等精靈特性的阿比塔一臉怪異地看著葵娜對身邊的樹木低頭道歉，但因為不想錯過現在的氣勢，替部下打氣後便衝到敵人的基地前。

衝出去後，前方有比周遭大地突出數公尺的岩山，入口處有被剛剛的魔法砸出大洞的痕跡。

正確來說，原本應該是岩山的地方整個崩塌，上方崩塌下來的岩石殘骸完全掩埋住入口。

氣勢高昂卻有點敗興，阿比塔等人有種期待落空的感覺。

確認周遭後，前方有個可以讓幾個人混戰的廣場。

在被低矮雜草覆蓋的地方，有五個身穿粗糙皮革鎧甲的巨魔。

牠們似乎派出一定程度的人在此埋伏，但中央被葵娜的魔法貫穿。

看來殘存的傢伙是分散在兩側才逃過一劫。

其證據就是巨魔群的中央部分往岩山直直延伸的周邊，散亂著變成肉醬四濺的巨魔血肉碎骨。

牠們一看見阿比塔等人跑出來，面面相覷後急急忙忙拿起棍棒及小劍等武器，一邊大喊一邊衝上前。

阿比塔等人也習慣了，不慌不忙地冷靜應對。

「一隻交給我，其他交給你們對付！可別失敗了啊！」

「我們知道啦，團長。」

團員們以此為信號，一起散開。

兩人一組對付一隻巨魔，不輕忽地確實解決敵人是他們的戰鬥方法。

阿比塔獨自負責一隻，拿長槍一邊防禦一邊攻擊，將對方的武器打上天空。

接著看準巨魔視線跟著飛上天的武器移動的瞬間，毫不留情地劃斷滿是破綻的喉嚨。

巨魔瞬間傻眼，接著摀住自己噴血的喉嚨怒吼，但敵不過傷勢，就這樣往前撲倒。

團員們也先擋住巨魔的攻擊，找到破綻後其中一人立刻砍傷其要害，另一人接著攻擊憤怒的巨魔的破綻，就這樣慢慢打倒對方。

雖然不如阿比塔俐落，但也頂多只有擦傷。

「喔，打倒了啊。也太慢了吧。」

「不慢了啦，是團長太奇怪！」

阿比塔單手拿長槍若無其事地站著，團員們很不甘心地吐槽。

「巨魔耶，硬梆梆的皮膚和頑強的肌肉，根本無法拿長槍一刀兩斷啦！」

「說什麼，還不是你們鍛鍊時偷懶。」

「唔——！魔法的武器度之類的東西明明差不多，為什麼會出現這麼大的差距啊！」

「明明只會喝酒嘻嘻哈哈的，那個力量到底打哪來的啊……」

阿比塔拿的火炎長槍和在場團員所持的魔法武器（長劍或短劍等），攻擊力沒有明顯的差別。

這次在這裡的團員都是還在騎士團就認識的人，但每次看見雙方之間不小的差距，都只能不甘心地跺腳。

看著咬牙切齒感到悔恨的屬下，阿比塔這才發現原本在後衛的葵娜遲遲沒有追上來。

「喂喂，小姑娘怎麼啦？」

「她剛剛還在我後面……不見了耶。」

轉頭看他們剛剛穿越的森林，團員們歪頭不解、面面相覷。

出森林前確實還在一起的葵娜消失得無影無蹤。

葵娜對樹木低頭道歉時，收到了森林的警告，撿起石頭用力朝後方丟去。

發現屏息的動靜同時，尋常的風景因為石頭，在空間中起了波紋。

來者像是披上幻影，從扭曲的風景那頭慢慢浮現人影。

那是一個身穿造工堅固的皮革鎧甲，披著斗篷，手拿類似附有手指護具的弓的長杖，淺黑色的精靈女性。

她有著比葵娜年長的氛圍，端正的臉蛋現在也透露著怒氣。

「嘖，看來被妳發現了……」

「什麼啊，原來是黑精啊。」

葵娜打斷她而說出的簡稱，更讓對方氣得眼睛上吊。

「黑精」就是和「紅精（紅皮膚精靈）」、「藍精（藍皮膚精靈）」同等，用肌膚顏色被分類為怪人的簡稱。

玩家當中，有在創角時將皮膚設定成紅色或藍色的人。

不用說，不習慣的玩家都會說「好噁心」或是「難以置信」避開他們。

當然，這種另類顏色只有在遊戲剛開始提供下載的前幾個月流行，之後就自然式微了。

如果阿比塔人在這裡，應該會發出最大警戒吧。

在這塊土地上，被視為出賣靈魂的黑色肌膚生物（魔人族是例外）被當成禁忌排擠。

但在里亞德錄中，只要創角時改變肌膚顏色，不僅是黑精靈，連黑矮人、黑龍人族也能理所當然地創角，玩家並沒有忌諱黑色的習俗。

但葵娜不熟悉這世界的常識，當然不知道這種事情。

她一開始以為這個黑精靈是當地人。

但面對面調查後，發現對方的名字顯示為「希納維伯的轟聲」而產生疑問。

她立刻要奇奇搜尋，然後發現那是過去遊戲中她過關的活動頭目。

（前一陣子的幽靈船也是這樣，為什麼會在沒有營運商、ＮＰＣ及任務的情況下啟動活動頭目啊？）

『有人在活動進行中放置不管，然後遊戲結束後就這樣留下來了嗎？』

運用杖弓（發動魔法的武器兼弓箭）加上電擊魔法的黑精靈在森林中不停穿梭，拉遠兩人的距離。

毫無顧忌射出的雷箭削過幾棵樹木，威力減弱朝葵娜逼近，但沒辦法超越葵娜的魔法耐性防禦，在那之前就消失了。

「頑強的傢伙！」

從樹木後方傳來惡聲惡語，又有更多枝雷箭射過來。

【魔法技能：立即應對雷（Zan regins）】。

葵娜輕語發動魔法。

朝往這邊飛來的雷箭伸出右手。

下一秒，右手上的手環迸發紫電，瞬間冒出獅頭，啃碎雷箭。

「什麼！」

啪滋啪滋帶電包住葵娜手臂的雷獅子。

明明只有頭卻眼光銳利，瞪著黑精靈吼叫。

「啊～～那邊那位黑精靈小姐～～！妳就乖乖丟掉武器投降吧～～！」

「妳這傢伙，明明是精靈族卻甘願和人類混在一起啊！這個叛徒！」

葵娜原本想和平談判，對方卻回以怒罵。

說起來，就算在遊戲的設定中，人類和精靈族應該也沒有對立關係啊。

「那個，我不知道妳是在主張什麼耶。」

『她大概是照著活動設定行動吧？』

「啊啊，原來如此，但我記得活動中應該沒有這麼會說話的ＮＰＣ吧？」

『證據不足，我無法斷言。』

「妳在自言自語個什麼鬼啊！」

大概是沒耐性了，黑精靈使出魔法攻擊。

見她沒有花時間發動魔法，大概是用了某種魔道具。

她的雙手在胸前伸直，兩手之間成束形成的雷電上下延伸，變成巨大長槍。

黑精靈將其高舉過頭後射出。

雷擊槍在擊中目標葵娜前，砍倒樹木、蒸發樹叢，朝她攻擊而來。

葵娜不慌不忙地把右手上的獅頭丟出去。

獅子離開葵娜手的瞬間，不僅是頭，還長出身體、四肢和尾巴。

牠只有中型犬的大小，和對方的長槍相比，大概是一比三吧。

外行人來看，輕而易舉就能看來誰會贏。

黑精靈似乎也是相同想法，大概想像出葵娜的末路了，相當愉快地揚聲高笑。

「呀哈哈哈！妳以為那隻小獅子可以贏過我的絕招嗎！」

對方朝葵娜露出充滿愉悅的扭曲笑容，葵娜則是認真地看著法術的結果。

長槍和獅子在靠近葵娜這邊的空間激烈對撞，朝周圍迸發恣意亂竄的放電現象。

中央發出閃光燈般的光輝，根本看不清詳細狀況。

但相抗衡的時間僅僅一瞬，連一秒都不滿。

從銀白光芒中朝對方衝出去的是膨脹成大象大小的雷獅子。

「什麼～～～～～～～！」

扭曲表情瞬間轉為驚愕。

攻擊魔法的雷擊對【雷精靈】來說不過是餌。

這是葵娜召喚出的最低等級精靈，但也遠遠超越黑精靈。

黑精靈舉起杖弓當盾，然而僅能抵抗一下子。

黑精靈之所以沒事，是因為她把手上的東西朝雷獅子丟過去，以及被雷獅子前腳一揮而飛走。

落地的雷獅子正咀嚼著什麼。

連葵娜也聽見啃碎東西的聲音。

「牠把魔道具吃掉了啊。」

『大概沒錯……』

葵娜的手橫向一揮，雷獅子化作橫向一道閃電回到右手的手環上。

「可惡！可惡可惡可惡可惡可惡！可惡啊～～～～！」

黑精靈發著抖屈膝蹲下，接著跳起身大吼，怨恨的聲音彷彿痛恨全世界。

臉蛋恐怖得令人驚訝美女也會變成這種模樣。她的視線充滿怨恨、痛苦，拔出腰上的劍朝葵娜直衝而來。

葵娜被她充滿憎恨的表情嚇到，拔下當作耳環的如意棒，恢復成容易操控的大小後與黑精靈對峙。

原本直線衝過來的黑精靈在前一秒改變軌道。

往左右踏步錯開時機，不停朝葵娜的脖子刺擊。

葵娜轉動如意棒彈開攻擊，利用轉勢用另一端迎擊。

「真危險！」

「太天真了！」

黑精靈往後仰避開攻擊，身體連同被彈開的劍如陀螺般旋轉，朝葵娜的頭部右側砍下。

不，她是打算砍下，但她的手被加速旋轉的如意棒重打，劍也從她手中掉落。

黑精靈看見葵娜揚起嘴角露出惡魔的微笑後，慌慌張張地想拉開距離，但她的腳被阻礙無法動彈，身體也失去平衡重摔在地。

她立刻抬起頭看被枯葉覆蓋的大地，她的雙腳被從地面伸出的土色的手抓住。

前方有個轉動著如意棒、露出邪惡笑容低頭看她的魔女。

「好了好了～～妳要投降嗎～～？」

「明明是個術師，妳的動作還真迅速呢！但僥倖可不會有第二次！」

黑精靈朝前方丟擲武器，並一掌打在柄端讓劍朝葵娜飛過去。這是攻其不備的妙招。

黑精靈想攻擊眼前這個對一連串動作大意的敵人，在感受到對方釋放出濃密魔力後，當場動彈不得。

丟出去的劍可憐地掉落地面。

比黑精靈剛剛使出全力施展的雷擊槍更加強大，要是全部解放就會將附近一帶全夷為平地的翠綠色光芒，慢慢成形凝聚在葵娜舉起的右手中。

【魔法技能：load：貳式・嵐激巧裂（Dan la giga）：ready set】。

「打飛她吧！」

被壓縮到籃球大小的氣壓彈從葵娜手中發射。

看起來像表面有花紋的哈密瓜。這是壓縮成超小型的颱風，其中蘊含與殘酷摧毀人類營生的自然災害同等的能量。

慢慢朝黑精靈接近的風之哈密瓜觸及黑精靈。

瞬間發揮擊退效果，用力打飛對手。

黑精靈的身體在衝勢影響下，彷彿要當場消失，撞斷背後好幾棵樹木飛遠。

拆除大樓用的鐵球也有類似的衝勁。

聽見會造成肉體致命傷的刺耳聲音，黑精靈用力撞上森林深處的大樹。

黑精靈連痛苦慘叫的時間也沒有，身體出現粗糙雜訊，存在漸漸變得淡薄。

最後變成模糊的圖像，分解成點狀碎片消失。

葵娜見狀，表情出現些微動搖。那是遊戲時代打倒敵人角色時常看見的畫面。

「…………啊～～煩死了！真的是～～搞不懂啦～～！」

「喔？小姑娘沒事啊！」

葵娜胡亂抓頭，毫無意義地大喊時，阿比塔從樹林那頭現身。

多少有人負傷，但大家都平安無事。

帶著大功告成的表情，窺探葵娜的情況和現場的慘況。

「嗨，我們這邊解決了，妳這邊……」

燒焦的樹木。

四處挖得亂七八糟的地面。

有某種堅硬物體一直線穿過撞斷樹木所形成的空間。

森林一角空出一大片的空白地帶，總之造成了極大的自然破壞。

發現葵娜沒追上來，還以為她遇到敵方的其他部隊，但看見葵娜一臉泰然，阿比塔也放棄追問。

「總之，我已經把領頭的首謀者打倒了。」

「我們這邊只剩下五隻巨魔，慎重起見，也往洞窟裡丟了油和火種。」

「真是的，為什麼會出現在這種地方啦……」

聽見葵娜碎碎唸抱怨，阿比塔一臉疑惑地想著：「是那麼難纏的對手嗎？」

葵娜發現他們的視線後，揮揮手表示「不用在意」。

就在他們打算探索周邊確認有沒有漏網之魚時。

遠方傳來地震般的地鳴聲，過不久，腳下傳來與地震相似的輕微搖晃。

「……喔？」

「這什麼？」

團員們頭轉來轉去尋找聲音來源，發現那來白他們來的方向。

不管怎麼想，都只能得出造成聲音的原因來自村莊這個結論。

阿比塔中斷探索，急忙命令同伴折回村莊。

「小姑娘先走！發生什麼事就拜託妳了！」

「啊，好！不好意思。」

葵娜邊跑邊啟動【飛行】，氣勢十足地飛上天。

飛得夠高後，就可以看見位於一整片森林中的村莊。

但是與村莊隔著街道的東側出現昨天還沒有的斷裂痕跡，使葵娜不解地歪頭。

看見森林彷彿遭砍伐數公里的痕跡，剛剛的聲音和震動應該就是因為這個。

洛可希錄斯和洛可希努有能力辦到這點，但他們基本上應該留著保護村莊和女兒。

沒有特地離開村莊的理由。

葵娜有種不好的預感，在【飛行】上施展【加速】往村莊前進。

葵娜抵達村莊時，全村的大人正總動員教訓莉朵和拉德姆。

「你們真是的，竟然在村莊被魔獸搞得不得安寧的時候跑出去，到底在想什麼！」

「嗚嗚，噎……對、對不起。」

「媽媽，好了啦，莉朵也哭成這樣在反省了，妳也差不多該原諒她了吧……？」

莉朵在瑪雷路面前哭得一把鼻涕一把眼淚。

路依奈試圖安撫母親，但那只是提油澆火。

「妳給我閉嘴！妳要我拿什麼臉去見無償保護村莊的葵娜姑娘和阿比塔大爺啊！」

瑪雷路的怒吼響徹村莊。

丈夫和路依奈怎麼勸也沒用，惡狠表情讓莉朵嚎啕大哭。

另一頭，拉德姆跪在堅硬的地面，思雅帶著恐怖的笑容正不停說教。

「拉德姆，你聽好了。你跑去慫恿別人家的小姐，還把她們帶出村莊，你爸知道這件事會怎麼想？」

「那、那個，媽、媽媽？」

「想找藉口嗎？一點男子氣概也沒有。你這樣也算是繼承拉克斯血脈，驕傲的矮人族嗎？有夠丟臉！」

「是、是的，真的非常對不起……」

「而且說起來你平常就……碎唸碎唸碎唸碎唸碎唸……」

思雅開始碎念起和兒子無關的平日怨言。

拉德姆全身發抖，話都說不好。仔細一看，他的眼睛一動也不動。在眾多村民面前，連過去的惡作劇也全部被公開，母親毫無止盡的說教讓拉德姆臉色蒼白。

「嗚、嗚噎……」

「小姐，請妳放心，葵娜大人不會為了這種小事生氣。」

「壞掉的項鍊只需要交給葵娜大人就不會有任何問題，會恢復原狀的。」

露可不停落淚，洛可希錄斯和洛可希努在旁邊安慰她。

「呼～～～」

都已經預想到最糟糕的狀況了，但孩子們平安無事。

似乎是發生了什麼問題。

看見不是自己害怕的畫面，葵娜整個人放鬆下來。

露可發現在旁安心地吐出一口長氣的葵娜，頓時全身僵硬。

葵娜低著頭搖搖晃晃地走近，連瑪雷路等人也停下說教，看著她。

葵娜跌坐在地，把露可拉近，緊緊抱住她小小的身軀。

以為葵娜會劈頭怒罵而不安地關注的村民們鬆了一口氣。

……但是，接下來從那邊傳出來的哭聲不是露可的聲音。

「嗚、嗚噎噎噎……露可妹妹平安無事真是太好了……嗚哇啊啊啊～～」

「咦？」

「哦？那個……葵娜大人？」

看著自己的主人抱著露可嚎啕大哭，洛可希努兩人相當傻眼。

村民們也相同，看見認真大哭的葵娜都嚇傻了眼。

「哎、哎呀，葵娜！妳女兒平安無事啦，妳別哭得跟個孩子一樣啊！」

「就是說啊，葵娜小姐！這全都是我家拉德姆的錯，妳別這樣愧疚得哭出來啊！」

「對、對不起！是我硬拉著露可出去的，都是我不好。」

「葵娜姊姊，對不起。」

「葵、葵娜大人！還、還請您振作！」

最不知所措的是被葵娜緊抱的露可。

還以為會被罵卻被溫柔擁抱，她感到滿滿的安心。

想著「啊啊，我還能和這些溫柔的人繼續在一起啊」也只有一瞬間，下一秒，監護者嚎啕大哭。

葵娜的力氣遠比露可大，所以很難從她懷抱中逃脫。

旁邊的大人忙著安撫葵娜，一臉為難地看著她們。

接著從左右邊抱上來的莉朵和拉德姆也跟著葵娜一起哭，讓露可完全錯失哭的時機。

而且她的衣服濕成了一片。

除了不知所措，她還能怎麼辦呢？

這場騷動一直持續到阿比塔等人回來，當葵娜終於哭夠而放開露可時，天色早已全黑。

「好、好……累。」

露可感到滿滿不明就裡的疲憊，那天晚上似乎夢見真正的雙親來鼓勵她。

而這件事的後續效應是連續好幾天，村民們都會看見「葵娜如一隻小鴨子般」跟在露可後面。

例如早上。

「嗯，露可妹妹要去哪啊？我也跟妳一起去吧。」

「……只是、上廁所……不用。」

例如上午，上課時間。

「露可妹妹還好嗎，有沒有哪裡不懂？」

「……沒、有，比、起我，那邊……」

「葵娜姊姊，我這邊不懂！」

「洛可斯，拉德姆就交給你了。」

「是的，我明白了。」

滿臉笑容（↑對著露可露出滿臉笑容，根本不願意離開）。

「………………」（↑對葵娜的行動冒出大滴汗珠）

例如晚上。

「好，露可妹妹，今天一定要跟我一起睡！」

「……葵娜、媽媽……可、以，自己、一個人……睡吧。」

「嗯～～～！小希！小希！露可叫『媽媽』耶！有沒有聽到、有沒有聽到？」

「葵娜大人，從早上到現在，您已經說十二次了。」

露可被這種狀態的葵娜關照（？）好幾天後，在心裡發誓絕對不再讓她擔心。

葵娜對女兒過度保護的行為，終於隨著「葵娜、媽媽……好煩」這句話劃下休止符。

聽見養女嚴厲的一句話的當事人似乎腦袋一片空白，呆站在自己房裡。

那枝直刺心臟的箭帶來的打擊無可言喻。

那在經過一晚後恢復，隔天雖然還很沮喪，也讓村民們看見她有精神的一面。

艾利涅一行人在事件隔天立刻動身前往費爾斯凱洛。

雖然有傷兵，但阿比塔表示「這種小擦傷不需要魔法，妳留著給真正的重傷者用」，謝絕了葵娜的治療。

正題是孩子們亂來的行為。

這起因於「要在葵娜聽不見花草聲音的地方做花環」這個想法，所以她也沒辦法生氣。

其他大人代替她狠狠教訓了孩子一頓。

拉德姆被思雅罵，拉克斯送東西回來後也狠狠罵了他一頓，非常悲慘。

還被扁到臉都腫起來，最後得出動葵娜的魔法藥水。

到這種程度也太過頭了。這次輪到拉克斯被思雅教訓。

「小姐，下次如果再發生相同事情，妳就永遠沒有點心可以吃了！」

「唔……嗯，對、對不、起。」

洛可希努提出的懲罰讓露可沮喪地低下頭。

「不知該不該說是和平……」

葵娜看著這一幕，露出不知該說什麼的表情。洛可希錄斯苦笑著說明：

「我們家的點心時間似乎很特別，一般家庭應該會說『又不是貴族，哪能這樣奢侈』而捨棄。」

葵娜家是以葵娜還是人類時的生活作息過生活。

早餐、午餐、點心還有晚餐。

但村莊一般都是一天兩餐，如果沒有特別寬裕根本不可能做甜點。

就算做甜點，頂多只是加了果實的餅乾。

材料只有麵粉、羊奶和壓碎的果實，甜不甜全憑果實。

前幾天葵娜拿出蛋糕，村民們的感動說是直衝天際也不為過。

「原來世界上有這麼甜的東西啊！」

「好吃好吃好吃好吃。」

「神啊……就在這……」

「哇啊～～！不可以繼續說下去～～！」

雖然也發生了一點誇張的事，葵娜把這當作宴會餘興節目表演，所以大部分的村民也覺得這是「葵娜在宴會時做給大家的東西」。

「突然就拿出蛋糕來，是不是把難度拉太高了啊。」

就在葵娜煩惱著今後要以什麼順序來表演時，洛可希努要她冷靜。

「在此先回到原點就可以了，葵娜大人。這是我們好心才做的，不需要回應對方細枝末節的要求。要是他們抱怨，這種服務就到此為止。」

葵娜對時時刻刻保持高高在上的態度的洛可希努也只能苦笑了。

就算講了，她也不會改變態度。

不是說話變得更苛刻，就是會用溫和的態度口出惡言。

「這部分就算是普通餅乾，只要讓那隻野貓用嘴巴做就好了。」

「用嘴巴做是指要說些聽起來很好吃的宣傳標語嗎？」

「還要是這世上獨一無二的美麗讚辭，把身體三百六十度擰轉應該擠得出來吧？當然，如果你就這樣永赴黃泉就再好不過了。」

這一如往常如呼吸般的同族厭惡令人想逃跑。

到底是因為創作者是奧普斯，還是因為奧普斯內心其實很討厭自己啊。這麼一想，心中突然湧現有點悲傷又有點落寞的心情，葵娜變得垂頭喪氣。

「葵娜大人！您為什麼要在角落縮成一團？」

「……說來話長。」

「怎麼好像有烏雲在上面旋轉啊！如果這傢伙的發言惹您不快，這傢伙會切腹自殺！」

「明明就是因為妳這傢伙講話太難聽！」

他們永遠不缺吵架的理由，某種意義來說，只是欣賞的話還真是個開心的家庭呢。

先把這放一邊，這天要針對孩子們無謀的行為開會。

雖然說開會，成員也只有村長、獵人洛德魯、旅店老闆娘瑪雷路，還有剛搬到村莊來的拉克斯和葵娜，在寧靜的午後聚集於安靜的食堂中。

美其名是會議，其實和討論村莊雜事沒什麼兩樣。

「總之，現在正在請洛德魯閣下教拉德姆村莊外潛在的危險以及遇到時該怎麼應對。這次的事情全是因為我的教育太草率了，真的非常對不起！」

拉克斯一開始就頂著嚴肅表情，用力向大家鞠躬。

「哎呀，好了好了，拉克斯先生，這次的事情孩子們也受罰了，不需要再有人為這件事情道歉了。」

「要這樣說我也有錯，說到底都是因為我帶孩子們去遊覽飛行。」

洛德魯阻止拉克斯低頭道歉後，葵娜也很抱歉地輕輕舉手，陷入道歉個沒完的狀態。

瑪雷路毫不手軟地拿托盤打兩人的頭。

「喔！」

「嗚呀！」

「好，這樣你們兩個也受罰了。光道歉也不會讓事情有進展，適可而止。」

這有點粗暴的體貼讓兩人交換視線，不好意思地點點頭，「對不起」、「不好意思」小聲對瑪雷路道歉。

瑪雷路則是揮揮托盤，面無表情回應：「別再說了。」

村長看準對話告一段落後開口：

「我認為最快的方法就是把柵欄加厚。」

完全跳過討論直達結論讓葵娜嚇一大跳。

「什麼？已經開始開會了嗎？什麼時候開始的？」有點混亂地看著大家的臉。

但同為新村民的拉克斯似乎不覺得有問題。

看來，突然開始就是這個村莊的做法，葵娜只能強迫自己接受。

「不對不對，村長啊，問題不在把入口封起來，而是要減少外出的理由吧。」

「我也好好教訓過莉朵了，我想她應該不會再做了。」

「只不過，是不是該教所有人法術石的使用方法比較好啊？」

意見潰堤般不斷交錯。

葵娜靜靜聽大家說話。

除了洛德魯，她是這個村莊唯一的戰鬥成員。

但從她過剩的戰鬥力來看，就算提出意見也可能是以技能為前提的不合常理的方法。

葵娜在腦中將大家你來我往的意見轉換成漫畫的對話框時，洛德魯開口問：「葵娜怎麼想啊？」

「……就算你問我，我也只會靠蠻力解決耶。」

全員不禁回問：「「「「蠻力？」」」」葵娜開始一一提出可行手段。

「首先用結界包覆整個村莊，但只要是我不認識的人，就沒有辦法離開村莊。如果有陌生旅客造訪，當然會被結界彈開。接下來就是製作偽裝成士兵的魔偶當警衛，因為它們只聽得懂簡單命令，如果下令『保護村莊不受外敵攻擊』，那每個造訪的人都會變成它的攻擊對象。再來就是召喚能自己思考的召喚獸當警衛，只不過，高等召喚獸的外表大多都和人類相差甚遠耶……」

「等等等等等等等！」

就在葵娜逐一闡述警備方案時，大家的臉色越來越蒼白。

接著，拉克斯慌慌張張阻止葵娜思考。

「詳情是有點搞不太清楚啦，但總之知道妳的方案相當恐怖。」

「喔……很恐怖嗎？」

本人沒有自覺更顯恐怖。

第一個是用無色無味，肉眼看不見的透明結界籠罩整個村莊的魔法。

施術者認識的人可以輕易進出結界，但這之外全部會被彈開。

這是在「從外敵手中保護封閉的精靈族村莊」任務中學會的技能。

但這個魔法是學習【阻隔結界】的先決條件，所以學會之後也只在該任務中用過一次。

第二個是製作岩石魔偶等東西的魔法，葵娜在接受費爾斯凱洛冒險者公會委託時用過。

原本用來輔助沒有同伴，單槍匹馬的玩家，被當成戰鬥用的拋棄式魔偶。

因為是戰鬥用，只能接受「防禦」、「攻擊」等簡單命令。

來到這個世界後，多少可以接受更複雜一點的命令，但頂多也就「從外敵手中保護村莊」或是「抓住入侵者」吧。

不管是外敵還是入侵者，它都可能將所有外來者視為對象，不太適合拿來當警衛。

第三個是召喚出會自行思考的召喚獸。

但這正如前述提到，外型是最大的問題。

在特別區域的天界或魔界得到的召喚獸，就是一般人所說的天使及惡魔。

會自行思考再行動是他們的優點，但對自己有絕對自信的他們很厭惡改變外型。

要是異形惡魔站在村莊門口，或是村莊上空有張開翅膀的巨大天使飛翔，應該會讓經過街道的人們陷入恐慌吧。

聽完葵娜詳細說明，村長等人也只能對超越想像的過剩戰鬥力傻眼了。

只有拉克斯在聽魔偶的說明時眼睛閃閃發亮。

結果這次沒談出有建設性的意見，只能留到下次討論。

總之，葵娜先提議洛可希錄斯每天會自主性巡邏村莊，只要感到任何異狀就來跟他們說一聲。

如果超越洛德魯能力範圍，就輪到葵娜出場戰鬥。

但葵娜三不五時常外出，外出時的戰鬥工作就交給洛可希錄斯和洛可希努。

他們兩人看起來只是少年、少女，有人對讓他們戰鬥一事持反對意見，但聽到他們力量強大能單手捏死彎角熊，只好勉強同意。

別看他們外表長那樣，兩人都是有葵娜一半等級550的強者。

雖然這樣說，葵娜也很煩惱該怎麼解釋他們的實力。

甚至覺得拿出來當比較對象的彎角熊很可憐。

會議結束後，葵娜前往公眾澡堂。

為了去感謝這次提供孩子們消息的大功臣。

「蜜咪麗，真的非常感謝妳。」

「不用再謝了啦，我已經聽妳說好幾次了耶！」

兩人一同泡在浴池中，葵娜在旁無數次向蜜咪麗點頭道謝，蜜咪麗謙虛地揮揮手。

如果蜜咪麗沒在孩子們附近聽到他們想做壞事，還第一時間告訴洛可希錄斯，孩子們不知道會有什麼下場。

雖然白龍現身，但白龍消失後還毫無防備的話，也可能遭受其他魔獸攻擊。

一想到這點，洛可希錄斯兩人抵達的時間可說是千鈞一髮。

要是露可他們遭魔獸所傷，葵娜應該會被憤怒控制，不只森林，大概會將半個國土都燒燬吧。

到時她可能化身為聽不見任何人的聲音，只是瘋狂大肆破壞的魔人。

蜜咪麗聽到這種可能性後，打從心底重重吐了一口真正放心的氣。

「……太好了，我有去通知人真是太好了～～！」

「沒有啦，我開玩笑的耶。」

「聽起來一點也不像玩笑話！超級恐怖的耶！」

看見蜜咪麗躲到浴池角落，葵娜不解自己做了什麼讓她害怕的事情。

一問之下才知道，理由出在「龍」。

「不用付出任何代價就能操控那麼巨大的白龍，這種人怎麼可能不可怕嘛！」

蜜咪麗的聲音已經近似於尖叫，葵娜這才知道這邊和蜜咪麗的世界關於龍有相當大的不同。

在里亞德錄，龍只存在於【召喚魔法】中，除去部分例外（與任務相關），幾乎看不見野生的龍。

頂多就是在故事或是傳說中稍微出現，而那幾乎都是強大的正義夥伴。

蜜咪麗世界中的龍是自我中心、旁若無人的存在，常常帶給人們莫大的困擾。

聽說散播「吃了人魚肉就能延長壽命」謠言的，就是其中一頭龍。

某種意義上來說是萬惡根源。

從牠們生存方法來看，就算沒什麼強大力量，也和邪惡貴族、貪婪商人沒有什麼兩樣。

「別怕、別怕啦。」

葵娜在畏懼的蜜咪麗面前，召喚出等級1的白龍。

召喚陣本身只有臉盆大小，從裡面出現可以單手抱起，只有貓咪大的白色毛茸茸物體。

從白銀色龍角和四片翅膀的確看得出來是白龍，但更像走起路來搖搖晃晃的Q版玩偶般的生物。

而且還「喵～～」地叫。

蜜咪麗看見那可愛的模樣，眼睛閃閃發亮，立刻從躲藏的岩石後面跳出來。

「這是什麼，好可愛喔！」

「對吧對吧。」

瞬間被抱進蜜咪麗懷中的白龍歪著頭叫：「喵～～」

眼睛已被愛心控制的蜜咪麗，用臉頰摩擦可愛的白龍。

葵娜滿足地點點頭，從她頭髮中飛出來的妖精妹妹緊緊貼在她身上。

看來似乎是在和白龍相抗衡，關鍵的白龍和妖精妹妹對上眼的瞬間，嚇得不停掙扎想要逃跑。

「欸、咦？怎、怎麼了啊？」

「不知道，我也不清楚……」

沒想到揮動自豪的翅膀是為了從抱著自己的手中如狡兔般掙脫，白龍自己也是千萬個不願意吧。

白龍掙扎一段時間，理解很難從蜜咪麗手中逃脫後，竟然釋放構築自己身體的魔力，牠的存在立刻變淡。

「什麼！真的假的！」

白龍違背召喚者葵娜的意志離開現場，這讓葵娜錯愕。

同時也知道了因為某些不明理由，召喚獸會畏懼妖精妹妹。

在那幾天之後。

雖然不清楚召喚獸畏懼妖精妹妹的理由，葵娜召喚了許多召喚獸來見妖精妹妹後，頂多只知道幾種高等有自我意識的召喚獸會出現反應。

完全不明瞭任何根本的問題，除了問奧普斯別無他法，葵娜也只能放棄。

「唉～～有種偏離正道的感覺，總之先去凱利克那裡一趟吧～～」

「原因幾乎都出在葵娜大人太黏小姐這一點吧？」

「…………」

做伸展體操把脊椎折得格格作響的葵娜自言自語，不把主子當主子的洛可希努拋出不留情面的一句話。

葵娜僵在伸展姿勢上，如鐵皮玩具般慢慢轉過頭去，洛可希努若無其事地朝她行禮。

「非常不好意思，我不小心說出口了。」

趁著可以當玩笑話解決時道歉。

還能當玩笑話解決最好，當主人真的發怒，洛可希努根本毫無勝算。

葵娜直盯著她後，說著「哎呀，算了」重重嘆了一口氣。

只要想著她是個欠扁的部下，也能切換意識告訴自己「她就是這樣啦」。

彷彿追在葵娜後面走，露可在洛可希錄斯陪伴下走出門，葵娜摸摸露可的頭。

她接下來預定要和莉朵、拉德姆一起打掃公眾澡堂。

因為上一次胡來，村長給做錯事的拉德姆和莉朵懲罰。

那就是打掃公眾澡堂。

目前這個懲罰幾乎沒有結束的一天，無限期持續。

只不過，女生澡堂同時也是蜜咪麗的住處，隨時都維持著整潔。

所以露可等人主要負責打掃男生澡堂的淋浴處。

雙邊澡堂的浴池，也就是水質部分有【淨化魔法】運作，因此不需要打掃。

他們兩人也確實明白如果沒有露可應該已經小命嗚呼，所以也認真反省工作。

但是再怎樣，只有兩個孩子也無法做好打掃，洛可希錄斯除了負責監督也打算幫忙。

而露可自責沒有阻止兩人，也主動說要幫忙。

她的脖子上掛著葵娜修好的項鍊。

【召喚強度等級九】的白龍光是要短暫停留就相當勉強，所以又加以改善。

現在變更成降級為【召喚強度等級六】的褐龍。

即使如此，出現的也是等級660的怪物級。

擁有恢復與結界這方面能力的白龍，在龍族中只有最低底線的戰鬥能力。

即使如此，唯一的攻擊手段爆裂虹光彈在等級的推波助瀾下，也能擁有那樣的威力。

如果出現的是同等級，特別強化範圍攻擊的黑龍——

街道東側的土地或許會變成巨大的隕石坑吧。

褐龍看起來像長角的褐色甲龍（Ankylosaurus），攻擊力雖低，防禦力卻是龍族中的佼佼者。

沒經過大腦就用最高等級召喚出的白龍，很遺憾，連從村莊都能清楚辨識其巨大身軀。

葵娜反省引起大騷動的事，這一次召喚出來的頂多只有自走式起重機大小。

即使如此，看見牠凶惡的外貌，人們應該還是只會陷入混亂吧。

沒有節制的人做出的事情就是如此。

「那麼，我稍微去黑魯修沛盧一趟喔……」

「嗯，我、沒問題。不會、讓、葵娜、媽媽……擔心、的。」

「這一次我們倆也會睜大眼睛監視，還請放心。」

露可不停點頭，洛可希錄斯恭敬地一鞠躬。

因為女兒的「媽媽」發言受到極度感動的葵娜緊緊擁抱露可，差不多習慣了的露可苦笑著撐過去。

困境讓孩子成長。感覺自找死路的露可，對自己努力不讓葵娜擔心的態度反而刺激葵娜母愛一事，只能放棄了。

葵娜站在紫色的【瞬間移動】魔法陣中，在魔法陣升起的光線包圍下當場消失身影。

「呼。」露可嘆了一口氣，不僅洛可希錄斯，連在門口目送的洛可希努也噴笑出聲。

「小姐，辛苦妳了。」

「希望，葵娜、媽媽……可以，相信、我……」

「這也是沒有辦法，那之後才過沒多久，她反而對小姐認同她是母親的事情感到開心，因為她對家人相當執著。」

「……是、這樣啊。」

露可想起在王都見到的斯卡魯格和卡達茲。

他們算是露可的哥哥，露可心想當孩子們長大獨立後，父母是不是會很寂寞。

實際上葵娜執著的是現實生活中的家人，和露可及洛可希努所想的完全不同。

葵娜飛往黑魯修沛盧時的目標設在西門那邊，所以守衛對她投以奇怪的視線。

共同派遣的討伐隊才剛回來不久，所以看見有旅人及商人利用西側通商道就會懷疑。

而在此出現一個毫無危機感的單身女性，更是會加以戒備。

好久沒來到人多的都市的葵娜相當興奮，前往堺屋前先跑去市場。

採購洛可希努拜託的食材，逛了一圈看看有沒有稀有的東西。

各式各樣的蔬菜與水果。

當場宰殺的巨大淡水魚。

拿著湯杓攪拌發出香氣的鍋子的婦人。

放在籃子裡，和雞幾乎同尺寸，長得像蛋的蕈菇。

市場幾乎都是食物，但其中也有販售椅子、櫃子，以及盤子等餐具類、類似紗麗的服飾類及鞋子等各式各樣的東西。

看見其中一個露天攤販銷售相當詭異，類似佛像的東西時，葵娜決定快速通過。
這肯定是受到上次來這裡時，艾利涅拿出來銷售的木雕佛像影響。
接著在路邊攤買湯，開心吃著烤點心。
點了二十支以上的串燒要給露可他們當伴手禮，攤販老闆還多送她一支。
接著才終於甘願前往堺屋。
葵娜一邊吃串燒一邊走到仍然擠滿員工與顧客的堺屋前的道路，發現好久不見的臉孔便喊住對方。
「哈囉～～孔拉爾！」
「啊？是葵娜啊。還真巧，在這裡碰到妳耶。」
孔拉爾揹著葵娜之前給他的大劍，和他的四個同伴從走投無路的表情變為安心，向葵娜打招呼。
「妳怎麼吃那麼高級的食物啊，是找到什麼好工作嗎？」
「咦，這個串燒這麼有名喔？」
「喂喂，妳什麼都不知道就買了喔，傻眼耶。」
孔拉爾說這個串燒用的肉是一種常破壞果園，名為球鼠的動物。
球鼠不是把營養存在身體，而是儲存在跟兔子一樣的圓圓尾巴裡，可以不吃不喝活一個月。

牠們身手矯捷，基本上都是代代繼承專業技術的陷阱師承接捕捉工作。

尾巴的構造似乎類似海綿，乾燥過後可以製成高級刷子。

因為牠們以水果為主食，所以肉本身帶有甜味，被當成頗為高級的肉看待。

「這樣喔～」

「什麼『這樣喔～』啦！跟妳說話都是白說。」

「話說，你們來堺屋要幹嘛啊？」

「啊啊，有點事，他們委託公會護衛工作，我們接下來了，但是啊……人多成這樣，我完全不知道該找誰才能見到負責人。」

「喔喔～護衛啊～」

看來似乎是接下護衛工作，但他們看不出來負責人是誰，正當不知所措時碰見葵娜。

確實，有這麼多種族的人進進出出，連誰是員工、誰是顧客也分辨不出來。

葵娜看了一圈人潮後，走到打算盤的貓人族附近說：「不好意思～」

「啊啊，是的，有什麼事情嗎？」

「伊澤克在嗎？你可以幫我跟他說葵娜來了嗎？」

「小老闆嗎……是的，請您稍等一下。可能會等上一段時間，方便嗎？」

「嗯嗯，這沒有關係，看到這種狀況我也有覺悟了。」

貓人族店員一鞠躬後走進店裡。

雖然葵娜那樣說，但伊澤克怎麼可能讓葵娜久等。

葵娜相當清楚才那樣說。

孔拉爾等人就站在道路另一頭，倉庫聚集的地方等著。

那是收納不需要頻繁拿進拿出的物品的區域，所以員工幾乎都只從前方經過。

葵娜邊揮手邊走到孔拉爾他們旁邊，接著說：「總之，我請他們叫小老闆過來了。」

孔拉爾一行人臉上的不知所措立刻轉變為奇怪的表情。

那是對於一介冒險者，竟然能指名道姓把勢力擴展到大陸各地的堺屋小老闆叫出來這件事感到困惑的表情。

對這種小事不怎麼在意的冒險者（葵娜），和其中一個同伴（孔拉爾）悠閒地繼續聊天。

「妳常來這裡嗎？」

「是啊，算常，有門路真的很好用呢。」

「可惡，妳這個運氣資產階級！」

「出門在外就是要靠孫子啊～～」

「聽不懂妳在說什麼……話說，最近完全沒在費爾斯凱洛看見妳耶，妳幹嘛去了啊？」

「我現在想要來經營個酒類專賣店～～賣威士忌和啤酒。」

「喔喔，威士忌啊，一定要拿來給我喝。」

「命令我啊？你想喝的話自己做不就好了。」

「啊？我怎麼可能會做。那沒有大規模的蒸餾器之類的工廠做不出來吧。」

「原來如此，我完全理解你已經把技術技能這個可能性拋棄了。」

「什麼，竟然有那種技能！請務必教我！」

「才不要。」

「竟然劈頭拒絕！」

和樂融融的對話往該如何讓威士忌更美味發展，孔拉爾講起「～年酒」有多好喝，點頭認真聽的葵娜要奇奇把重點記下來。

就在聊著這種話題時，年輕有威嚴的精靈男性跑近道路這頭的葵娜等人身邊，朝她一鞠躬。

在他身後幫忙通報的貓人族店員露出難以置信的表情站著。

如果不知緣由，一介店員當然不可能知道小老闆為什麼只是聽到名字，就拋下所有工作跑出來。

「曾外祖母，真的非常不好意思讓您久等了，請問您這次有什麼事情呢？」

「伊澤克，好久不見，對不起喔，讓你特地跑出來，凱利克在嗎？」

「啊，是的，父親一如往常待在屋子裡……？」

「有事找你的是這五個冒險者啦，聽說他們接下公會的委託。」

「啊……啊啊，是的，真的很不好意思，你們還特地到這邊來。」

伊澤克露出失望的表情也只有一瞬，立刻換上認真的商人表情，對著表情怪異的孔拉爾一行人有禮地鞠躬。

葵娜知道他在期待什麼，也只能苦笑。

而且委託者態度太低也是個笑話啊。

伊澤克要呆站在他背後的貓人族店員找犬人族小侍過來。

看來那位小侍的地位僅次於伊澤克。

把接待葵娜的工作交給他，伊澤克帶著孔拉爾等人走進屋裡討論委託的事情。

小侍帶葵娜走進總是充滿悠閒氛圍的凱利克的房間。

孫子一臉驚訝地迎接外祖母。

「這不是外祖母嗎，您這次有什麼事情呢？」

「我收到石頭和小麥了，你還真快就認可商品了耶，我可以直接開始製造威士忌和啤酒嗎？」

「是的，那是品質相當高級的酒。我和幾位朋友一同品酒，評價非常好，口味也稍微濃郁呢。」

「啊～那我剛剛才聽到，似乎要加水或是冰塊稀釋～～還有啊，威士忌似乎多放一段時間，味道就會變得更有深度，一年、五年、十年之類的？」

「原來如此，是可以如此分類的飲品啊。外祖母似乎不清楚這方面的知識？」

「啊啊，我從朋友孔拉爾那聽來的，他是現在因為委託來找伊澤克的冒險者，詳情再問他吧。」

原本是未成年的葵娜怎麼可能對酒有了解。

雖然有很多朋友能告訴她，但不先提及這類事，朋友也無從說起吧。

凱利克邊說著「原來如此、原來如此」，在一旁的紙上寫下筆記。

拉克斯送兩桶商品到黑魯修沛盧之後，帶著大量的小麥回到村莊給葵娜。

因為真的沒地方擺，葵娜只好先丟進道具箱中，然後面臨得新蓋倉庫的狀況。

反正倉庫不急，所以決定交給村裡的木工師傅蓋。

順帶一提，預定要在這個倉庫裡蓋地窖儲存威士忌酒桶。

如果要長期保存，交給有許多擅長管理溫度、濕度的人才的堺屋會更好。

啤酒只要有材料，當場想做多少就能做多少，所以預定下訂單後直接生產。

問題是石頭。

在石頭裡封入簡易術式就能完成只要補充魔力，一般人也能輕易操作的凶惡武器。

正如同他們在關口遇襲時，術師所持的炎擊術杖（Fire ball stuff）。

「真虧你可以在這麼短的時間內收集這麼多魔韻石，太佩服了。」

「我照著外祖母說的方法去做。去找賣石頭的小孩子，支付足夠的謝禮請他們告訴我們在哪裡找到石頭，接著召集擅長感知魔力的術師前往，輕而易舉就能找到礦脈了。」

「感覺聽起來就是靠錢說話的強硬手段耶……」

「……請別說得那麼明白啦。」

大概被葵娜說中感到害臊，凱利克別過頭回答。

「我這次來是要跟你談這東西的用途。」

今天造訪的重點就是商量這件事。

葵娜姑且試驗性做了幾個試作品，把幾個直徑三公分的小球放到桌上。

「……這是？」

「這是把你送來的石頭加工後做成的東西，要這樣用。」

簡潔說明的同時一彈指。

下一秒，其中一顆小球往正上方釋放光芒，天花板如探照燈照射般染成全白，凱利克嚇得說不出話來。

這個球裡面放入設定為隨時朝上照射的【附加白光Lv.5：燈】。

只要把球放進圓筒狀的東西中，就能做出手電筒類的魔道具。

葵娜注入了大量ＭＰ，所以能維持點燈狀態長達好幾天。

魔韻石本身也會從周遭的空間慢慢吸收魔力，ＭＰ完全用完後，只要過一段時間就能再次使用。

「我自己是希望可以把這個埋在天花板，當成室內照明來用啦……你有其他的使用方法嗎？」

「不、不是不是不是，外祖母，您是不是把我錯當成死亡商人之類的啊？我只要有光就夠了！」

看見外祖母無法形容的憤怒模樣，凱利克全身發抖，手腳並用努力解開誤會。

當然啦，他也不是沒想過製作攻擊類魔道具的可能性。

他正在計畫當成光源使用的商品銷售，所以現在絕對要避免惹怒外祖母。

葵娜也是為了確認才稍微威脅一下，從凱利克慌張的模樣看出沒有那個可能性後，說著「開玩笑啦」收起憤怒的態度。

「請請請請、請您別嚇我啊……呼。」

「啊哈哈，對不起啦，那我就把手邊幾個加工成和這個一樣的光源喔，完成後送到這邊就好了吧？」

「嗯～～這個嘛，方便的話，可以請商隊或是其他人幫忙運送嗎？我雖然對外祖母瞬間移動的法術深感興趣，但為了活化通商道路，請把這類工作分派下去。」

「喔～～這樣啊這樣啊，我的技能確實一瞬間就能完成幾十人份的工作，反過來想，也表示有那麼多人會丟掉工作耶～～但我自己來可以省運費……」

「很不好意思，這個堺屋沒落魄到會因為那少許的費用倒閉，還請您別小看我們。」

「啊～～好啦好啦，術業有專攻嘛。嗯，這樣的話我了解了。」

順著話題繼續和凱利克討論運費問題。

如果拜託熟識的艾利涅商隊幫忙運送，就採貨到付款的方法，運費也會由堺屋支付，接著又談到最近的局勢。

「哦～～黑魯修沛盧要把東邊的關口改成駐軍基地啊～～」

「那邊一度被從西邊流竄過來的盜賊毀掉啊，雖然已經跨越國境了，但外祖母居住的村莊就在附近。國家高層當然知道外祖母的存在，既然無法公開就得有所準備。負責運送建材的堺屋（我們）代表、國家大臣，以及從費爾斯凱洛派出來的使者將會在關口會面。」

「啊啊，所以才找孔拉爾他們啊。護衛工作全部丟給跟著國家大臣一起來的騎士不就好了嗎？」

「外祖母，我剛剛也提過了，經濟需要流動。」

「這樣喔……如果要徹底做這件事，那也只能製作能運送的東西了。」

開始聯想起無關緊要之事的葵娜，一看庭院才發現陽光已經開始混雜橘色。

她在上午飛抵黑魯修沛盧，先去市場繞了一圈、在路邊攤解決午餐後才來這裡。

事先說好天黑前會回家，開始擔心起露可的葵娜決定在這邊結束話題回家去。

發現想念的心情大過擔心，也對自己溺愛女兒的樣子苦笑。

「那我今天就先告辭嘍。我突然跑來還這麼有禮地接待我，真的很謝謝你，凱利克。」

「這麼說來，聽說您收養了一個女孩，她大概也開始擔心了吧，還請您早點回家。今後有什麼我們能效勞的，還請您不吝開口。」

「啊，哈哈哈……」

現在是誰擔心誰，大概和凱利克的想像完全相反吧。

葵娜帶著僵硬笑容打算離開時，突然想起蓋房子時想拜託他的事。

「對了，凱利克。」

「外祖母，有什麼事呢？」

「你派商隊來我這裡時，可以順便送雞和山羊來嗎？」

「啊，好的，我明白了。費用就請貨到付款喔。」

「嗯，不好意思啊～～那先再見嘍。」

生物不僅無法收進道具箱中，也沒辦法組隊，所以無法用【瞬間移動】一起帶走。

正確來說，葵娜也不知道組隊系統現在變成怎樣。

在遊戲中只要對各個玩家送出邀請，對方接受邀請後就可以組隊。

現狀中，認識的玩家與普通人的差別就在於能否接收通知。

稍微認真拜託感覺就能改善的系統面是個大謎團。

能分辨出玩家就是謎團之一，這方面也完全搞不清楚是不是有統括一切的系統中樞存在於哪裡。

不依賴這完全不明瞭的東西就活不下去這點，也是玩家的困境。

就這樣直接走到庭院的葵娜對孫子揮揮手說再見後，和紫光一同消失。

跟著外祖母一起揮手的凱利克看著她消失的地點。

浮現淡色紫光的魔法陣，化作光粉消失無蹤，連痕跡也不留。

「外祖母仍舊是出現又馬上消失的大忙人呢。那麼，首先從酒的美味喝法開始吧？光源這個就先推薦認識的貴族，外祖母好像也提到『街燈』之類的東西耶。」

去問兒子關於冒險者的消息，接著詳細詢問從外祖母口中聽到的事。

然後安排商隊、購買家畜。

「一個家庭大概需要多少呢？」凱利克想著這些，回想起他剛成立堺屋時的事情。

現在店交給兒子操持，凱利克頂多只會幫忙檢視營業狀況。

外祖母的委託有著讓他回想起過往的樂趣。

凱利克壓抑想著接下來的事情而雀躍的心情，前往兒子的房間。

終章

眼前風景一瞬間從孫子變成自家門前。

相處時間還沒長到看習慣，加上房子還很新，所以有種怪異感。

在一半天空已染成橘色的村莊裡，各處家裡的煙囪都冒出告知大家正在煮晚餐的白煙。

熟悉的湯品香氣也跟著飄散而來。

「我完全吃慣瑪雷路旅店裡的餐點了耶。」

對葵娜來說，在旅店吃的餐點似乎已變成在村莊裡的固定菜單，光想到肚子就咕嚕叫著「快給我吃」。

「那麼葵娜大人，如果您不快一點習慣我們家的家庭味道，我會很頭痛。」

葵娜抬頭遙望著比屋頂更高處，聞著空腹調味料的香氣時，洛可希努打開大門迎接她。

洛可希努似乎拜託附近的婆婆媽媽們，教她做這個村莊常見的家庭料理。

基本上，用【料理技能(Cooking skill)】做的東西大多都使用高價食材。

為了買村莊沒有的材料，特地【瞬間移動】到費爾斯凱洛或是黑魯修沛盧也很花功夫。

而且每餐都這樣奢侈，就算經濟無虞也有極限。

「葵娜大人，歡迎您回來，商談順利結束了嗎？」

「啊啊嗯，大致順利。我請凱利克送山羊和雞來，如果送來時我不在，妳幫我收下。」

終章

「是的，我知道了。辛苦您了。」
把買來的食材交給洛可希努後，發現家中相當安靜。
不僅沒有煮飯的香氣，也沒看見露可出來迎接。
就在葵娜歪頭不解時，洛可希努指著旅店方向說明：
「小姐到旅店去了，那個蠢蛋也跟著，沒有問題。」
「旅店？」
「是的，說是有大官從費爾斯凱洛來之類的。」
「大官？那跟露可有什麼……關係……」
話還沒說完，就想起剛剛凱利克才提到的事情。
為了要將關口變更為軍隊駐紮地，費爾斯凱洛也會派出使者來與鄰國討論。
能當使者派遣，且會想要見露可一面的，最有可能的就是還沒見過露可的梅梅。
但身為學院長的梅梅，會丟下自己的工作跑到這種邊境來嗎？
總之去旅店看了就知道。經過拉克斯工務店附近時，看見停在那邊的馬車。
用金、銀裝飾，還有醒目獅鷲獸與龍的工藝品的豪華絢爛馬車。
同一個地點還看見六頭之前遠征時看過的馬。
牠們正把頭埋在一旁堆積成山的飼料中。
遊戲時代這邊應該有照顧馬的馬廄，原本馬廄的所在位置已經成為雜草們強烈主張自我的空地。

「……那種暴發戶風格應該不是梅梅吧，嗯。」

『不對，既然代表國家前來，應該需要一定的排場吧。』

奇奇在旁加以解釋，葵娜想著也有道理。

不管怎樣，都希望來的不是合不來的貴族啊。葵娜加快腳步。

但是，就算這邊到關口要花上一天，從黑魯修沛盧到關口應該要花上九天。

竟然有辦法空出八天時間，這個使者還真閒啊——葵娜有點傻眼。

……下一秒，從旅店走出來的人物讓葵娜臉頰抽搐。

左右一雙長耳朵的精靈男性。

顯示高位神官職的藍色聖袍，上面有主神光的神之印金線刺繡。

看得出相當細心照料的長金髮。

端正的五官可以虜獲所有女人心的美男子。

這令人神魂顛倒的笑容不知為何主要對家人綻放。

他就是葵娜心中的重點問題兒童，長男斯卡魯格。

在他身後有穿著整齊騎士鎧甲，普男以上帥哥未滿的護衛們跟著他。

和露可、洛可希錄斯一起走出旅店的斯卡魯格，看見葵娜的瞬間立刻「閃閃發亮」。

「點描畫背景」加上「爆哭」的淚水，用奇怪的走路方式接近，接著用跪坐的姿勢「唰唰唰！」地滑到葵娜腳邊。

「母親大人閣下～～！我好想念您啊！」

展開雙手陶醉地表現他的喜悅。

順帶一提，周圍誇張地「盛開藍色玫瑰」，其背景還有不停播放「花語是永遠的愛」（真的嚴重搞錯了）的跑馬燈。

他執起葵娜的左手，朝手背落下一吻。

而母親本人則是從兒子靠近那時開始便腦袋一片空白，至此才終於再次打開開關。

看傻的露可和表情毫無變化的洛可希錄斯感覺不知從哪裡傳來「啪」的聲音。

「歡、歡迎回……來，葵娜、媽媽……」

「嗯，露可妹妹，我回來了。」

緊緊擁抱不知為何有點不安的露可後，葵娜放下心中大石。

從口袋中拿出東西放在女兒掌心上。

看見小小的紅、藍、綠水晶碎片，露可的表情開心得閃閃發亮。

「有三個，也分給莉朵和拉德姆喔。」

「……嗯，謝謝，葵娜……媽媽。」

夕陽下，一家人牽手走在回家路上，這一幕令人會心一笑。

這時，「那、那個～～？」不會看氣氛不懂情趣的第三者打算開口時，洛可希錄斯迅速上前制止。

感覺穿著筆挺管家服的貓耳少年散發強烈威嚇感，嘴巴半張的斯卡魯格和護衛騎士們都「唔！」地全身動彈不得。

「我的主人事務繁忙，有事還請告訴我。」

其中一人擠出所有護衛騎士的驕傲開口問：

「大、大司祭該怎麼辦才好？」

在場所有人的視線一同往旁邊移動。

停在看起來像是感動哭泣的豬八戒頭上。

脖子以下是身穿藍色聖袍的斯卡魯格，只有頭變成了類似半獸人的豬臉。

「我想丟著不管即可。」

洛可希錄斯聳聳肩冷淡說完後，轉頭跟在主人身後離去。

被留下的六個護衛騎士只能走投無路地面面相覷。

特別短篇

成為騎士的那天

「啊……？」

看見眼前的風景，他揉揉眼睛。

還以為自己看錯，但風景沒有任何變化，他深吸滿腔青草氣息後，開始環顧四周。

道路在他背後延伸，也朝著他的前方延伸。

路寬大約可供十個成人並排行走，但路面沒進一步鋪設。

被大家踏實的泥土坦露在外。

而道路兩側，被完全看不見深處的茂密樹林覆蓋。

立刻明白方才聞到的半乾半濕的青草氣息源頭在哪裡。

他不禁回想著，自己家附近有這種風景嗎？接著點點頭。

「什麼啊，在作夢啊，哈哈哈哈哈哈！」

過一會兒，大概一分鐘左右吧。

沒有任何人吐槽，也只能笑的笑聲當然無法繼續。

就這樣讓自己冷靜，再度環視四周，確認自己的裝扮後低語：「說真的，這到底是怎麼一回事？」

聲音帶著顫抖，也有一絲嘶啞。

大概是驚訝占四十％、困惑占三十％，想哭的心情占十六％，想尖叫的心情占十四％這樣吧。

用一句話來說，他正用在里亞德錄大地裡的角色模樣，站在被森林包圍的道路正中央。

名為閃靈賽巴的他再次低語：「真的假的……」全身無力癱軟在地。

回想起來，在風景瞬間切換前，他應該正全力享受最後的遊戲才對啊。

十二月三十一日，ＶＲＭＭＯ里亞德錄結束服務的日子。

悲嘆者；不捨者；大笑者；哭泣者；悔恨者。以下略……

這是玩家們在里亞德錄這塊大地各處留下的情緒。

突然宣布結束到正式結束的日子僅僅一個月。

真的相當唐突。

就連擁有兆單位資產的實業家玩家，也沒辦法顛覆「結束」這個決定。

在官方的討論版上，公開募資「我們自己來做里亞德錄Ⅱ的遊戲吧！」等留言的勢力不斷擴張。

自稱資產家的遊戲好友煩惱該不該出手時，公會成員總動員阻止他的那一幕，只有滿滿的悲傷。

所以他一如往常前往紅國首都，加入自由組隊的小隊到處去狩獵。

抱著「明天或許也能繼續下去」的想法。

他應該在現實世界過十二點時，和臨時組成的小隊成員互相開玩笑後道別了。

「那麼，再見啦～～」

「希望我們有緣再相會。」

「喔喔，閃閃，下次讓我們用更重的武器大幹一場吧。」

「不要，你好猥褻。」

「你們可以不要動不動就講雙關語嗎？為什麼這種人是高手啊？」

「平常的言行和個性與遊戲能力無關啦，大概。」

「真想至少在最後可以跟銀環魔女一戰啊……」

「你別到最後還期待那種可怕的對口相聲啊！」

「這才是里亞德錄的最後一天……」

「很恐怖耶！」

記得自己應該在這種喧鬧中登出了才對……

到登出的瞬間還沒有問題，但再次回過神時，自己不是在自家的床上，而是站在綠意盎然的道路正中央。

而自己的樣子不是真實世界的人類，仍是遊戲角色的閃靈賽巴。

完全搞不清楚狀況。

他試著拿大劍朝自己的手割一刀，燒灼的痛楚與流出的鮮血鐵銹味真實無偽。

他發誓絕對不做第二次。

而這個痛楚，只是拿出道具箱中的魔法藥水來用立刻消失，彷彿夢一場。

實際變成遊戲中的角色，讓人以為是動漫之類的。

多虧他坐在地上，發現了遠方響起類似地鳴的聲響。

把耳朵（？）貼在地面，聽聲音從哪裡傳來。

而且雖然頭頂一片藍天，但對依賴科學文明的人來說，在看不見太陽的狀態下根本無法確定方向。

他想著「如果有誰接近，那自己坐在地上會妨礙對方」而站起身。

此時，他心中完全沒有對方是誰、或許是危險魔獸等等想法。

光是如此，就證明現在的狀況已經超過他處理的極限。

過沒多久，道路那頭出現二十人左右的集團。

身穿鎧甲騎在馬上的人。

如此龐大數量的騎兵奔馳而來，他再怎樣也會發現。

男性居多但也有幾位女性，所有人都穿著相同的白色鎧甲。

領頭男性發現他，一團人立刻緊急剎車。

每個人都一臉困惑地看著他。

接著，一團人中的領頭男性下馬，手放在腰際的劍上往前走。
看來他是這團人的代表。
他的男性夥伴在後面全拔劍、拿好長槍，散發出不尋常的氛圍。
對他來說，這是個扯上關係會很麻煩的集團，所以最好可以安全過關。
但看這狀況，大概沒有那麼容易吧。
男性在離他二十公尺遠的地方保持備戰狀態停下腳步，大概三十多歲吧。他表情僵硬地開口。
「來者何人！你知道這裡是沒有國王允許不得進入的道路還進來嗎？」
「……啊？咦？」
就在他不太能理解男性說什麼時，男性鏘的一聲拔出腰上的劍。
同時朝他釋放出超乎想像的壓力。
在無法理解狀況之下遇見第一個村民，還不知該怎麼應對時，對方朝他散發敵意，這任誰都會嚇到動彈不得。
他乾澀的嘴巴連聲音也發不出來。
不停顫抖的雙臂，根本想不到可以拔劍保護自己。
完全任人魚肉。
就在他毫無抵抗要被砍時，在那前一刻，他發現自己不是看見男性的臉，而是看到對方的腳。

似乎是嚇到腿軟了。

沒嚇到尿出來真是太好了，這是他在事情過後最大的感想。

「噗！」頭頂上傳來噗嗤笑聲。

「看來，你似乎不是盜賊或暗殺者之類的人啊。」

男性的聲音比剛才多了幾分溫和。

他鞭策自己顫抖的身體抬頭一看，男性咧嘴而笑的笑容闖進視野。

「這個膽小鬼看起來不像要暗殺陛下的人，但這也是規定。」

男性對著不知何時靠近的同伴們說：「把這傢伙帶回去關進牢裡。」

就這樣，他的武器和護具被沒收，接著被用繩子綑綁加套上眼罩後帶走，回過神時已經變成大牢居民。

從在道路中央回神算起不過兩小時。

「……這發展也太驚濤駭浪了吧……」

還有其他說法嗎？

看見眼前縱橫交錯的冰冷鐵格子，也覺得身體被沉重鎖鏈困住，感到一切相當麻煩。

被消極的想法控制，無法脫離「已經不行了，一切都結束了」的心情，他好想要埋進地裡。

試著說出「我開始明白被關進大牢裡的人的心情了」後出現乾脆無所不言的心情，真是不可思議。

「……話說回來，原來內衣可以脫掉啊。」

低頭看自己，不管怎樣都會看見一副不記得曾鍛鍊過，有著結實肌肉的身體。

和現實生活中的軟弱身體完全相反，連說出「這是我自己」的本人也不相信。

手臂外側被看得出形狀的大片鱗片覆蓋，內側則是肉眼幾乎看不出的細小鱗片，且保有類似人類肌膚的滑順感。

在遊戲中，角色不分男女，都會穿上基本內衣。

關於性徵部分，遊戲商應該多有考量，頂多只會看見身體線條，不會讓人感覺出具體的形狀。

而他現在連內衣也被脫掉，只剩下內褲一件。

這是在遊戲中就算想做也辦不到的狀態。

這又給了他「這裡不是遊戲世界」的真實感。

「但是，好閒喔。」

他隨意躺在牢房裡硬梆梆的床上，環視散發著腐臭味的室內低喃。

想仰躺卻發現尾巴很礙事，於是他轉為側躺。

因為後腦杓有長角，沒辦法和身為人類時相同呈大字形睡覺，但他很感謝龍人族睡硬床也不會不舒服的強健肉體。

從「空無一物」這點來看，自己現實生活中的房間也和牢籠沒兩樣，他現在重新有了這種感受。

因為那邊只是回家睡覺、玩遊戲的空間。

雖然心情憂鬱，但很輕鬆。

蓋上獄卒說著「只有這個」交給他的毛毯，心想要老實回答明天開始的審問。

到了隔天。

閃靈賽巴一大早被挖起來，在幾個騎士的監視下進行審問。

這些人似乎是這個國家的騎士。

原本應該是自稱阿比塔的騎士團長要親自審問他，但一臉溫和青年樣的副團長說著「你堆了很多工作沒處理」硬把他趕出去。

從必問的姓名開始問起。「你從哪裡來？」「為什麼會在那裡？」「職業是？」「住哪？」等等。

從個資到來歷等等，問了他相當多問題。

如果把現實生活中的事情也說出來，大概連自己也會跟著混亂，所以就說出角色的資料。

但能說的事情也不多。

名字叫閃靈賽巴，職業是冒險者。

幾乎沒有可以稱上履歷的東西，讓他更感覺自己只是輕薄如紙的存在。

只不過，事情越問越深入後，他用問題回答問題的機率也變高，騎士們也越來越困惑。

例如出身地，他回答「藍國歐爾澤力亞」之後，對方回答：「那個國家在兩百年前就滅亡了。」

一問其他國家的狀況，對方回答：「現在只有三個國家，這是常識吧？」嚇傻眼的反而是他。

他被騎士評為「不了解世事，不知打哪來的鄉巴佬」，那天不到兩小時就把他關回大牢了。

「真的假的……」

已經不知道脫口而出第幾次，感覺在這段期間會培養出碎唸這句話的習慣。

現在自己所處的地方，是里亞德錄這塊大陸中央，國名為費爾斯凱洛的王都。

費爾斯凱洛王城的大牢中。

他的罪名是「入侵罪」，不經允許擅闖連接王都與王都的直通道路。

雖然沒有對他詳加說明，但應該就是等同於擅闖政府專機吧。

更進一步聽到的是，遊戲時代裡的七個國家，現在已經不存在的事實。

取而代之整合成北邊的黑魯修沛盧、南邊的歐泰羅克斯，以及中央的費爾斯凱洛這三個國家。

而且七個國家存在的過去，已經是距今超過兩百年前的事了。

他登出遊戲的那一瞬間黑暗，似乎讓他如時光旅行般飛越了時間與空間。

「不只遊戲世界變成現實世界，還飛越了時代，浦島太郎效應大概就是如此吧……」

雖然不確定到底能不能這樣說，但他心中沒有其他更貼合這種狀況的名詞了。

就這樣反覆問他相同問題幾天。

又過了幾天。

他穿上好不容易調整成符合他身形的皮革鎧甲，拿著木劍被迫站在操練場的角落。

「這是怎麼一回事……」

騎士團長突然來找他，還以為要被釋放了，卻從團長手中接過衣服、鎧甲和木劍。

閃靈賽巴無比苦惱著穿上衣服。

在遊戲時代，這些東西都收在道具箱中，只要手指點一點就能瞬間換裝，所以實際穿著當然費了不少功夫。

但他在此時沒有確認自己的狀態，所以也不知道道具箱還能正常使用。

騎士團長不是帶他到平常的房間裡，而是帶他到外面去。

眼前的騎士們都身著輕裝，手持與他相同的木劍或長槍整齊列隊。
在呆愣無法理解狀況的他面前，騎士團長說了今天的目的。
「聽好了，這是你的懲罰。」
「……懲罰？」
不管怎麼看，都是騎士團總動員要把他打得落花流水。
與其說懲罰，更該說是動用私刑吧。
「你似乎誤會了什麼，不是你想的那樣。」
「不是等一下要澈底打趴你之類的刑罰喔。」
大概看見他如死魚的眼神吧，團長和副團長否定他的想法。
「我要你從今天開始，以實習騎士的身分加入我們。」
「啥？……什麼～～～～！」
「最先從隨從做起，但我要看看你的戰鬥能力到哪，你既然是冒險者，應該多少會使劍吧。」
他由衷發出嚇壞的聲音。
列隊的騎士中，幾個在這幾天問話時常見面的人不停點頭像在表示「我懂你的驚訝」。
他的懲罰似乎是要為這個國家工作。
「這類懲罰，一般來說不是去當礦山奴隸之類的嗎？」他一開口問，才知道這塊大陸上沒有奴隸制度。

如果被發現有這類情事，可是會被大司祭狠狠斥責，還會真的打雷之類的。

而且礦山是矮人族和與其相關者的專業領域，位處黑魯修沛盧範圍內，費爾斯凱洛境內沒有那種環境。

「首先，實際對戰看看就知道了，一個一個上吧。」

「要、要和這所有人打嗎……？」

「沒錯，如此一來也能知道你的習慣和需要改進的地方。」

副團長手指的方向，是整齊列隊的騎士們。

大約五十人左右。

如果只是想理解他的實力，這人數未免太多。

即使如此，自己等級有427，或許會有點累但應該不辛苦吧。他做好覺悟。

排第一個的騎士走上前，他拿好木劍與之相對。

「開始！」副團長一聲令下，他和騎士短兵相接。

以結果來說是他慘敗。

從等級高且是龍人族的觀點來看，他的力量和防禦力都很高。

但他能贏過一般騎士的也只有這三點。

也就是說，他的技術面完全不像樣。

里亞德錄遊戲中，各種族的攻擊模式都有樣板，主流方法是以下載的形式使用免費的劍術軟體。

如果是由知名的劍術道場提供，或是由實際上有劍術經驗的人來揮舞的資料也就罷了，其中還有只是隨意把幾個模式組合起來，專家來看只會說「邪門歪道」的原創招式，充滿各式各樣的東西。

對外行人來說，要從中看出真正劍術極為困難。

他也是受到這奇妙事情影響的人，實際上活動身體後才發現無法好好揮劍，這也是輸掉的原因之一。

對戰對手、騎士團長和副團長都用憐憫的眼神看他，騎士團員們甚至還無比傻眼到手摀著臉仰天。

也因為這樣，他就從「讓我看看你的劍術」的階級，降為只能在操練場外圍不停慢跑的階級。

「……真虧你那樣還有辦法用三年時間爬到足以擔任騎士團長的地位耶。」

在四處響起點餐聲，四面八方傳來笑聲與怒吼聲的酒館中，葵娜感慨甚深地安慰著閃靈賽巴的不幸。

特別短篇　成為騎士的那天

「哎呀～～這傢伙就空有一身體力啊，只要抓到訣竅接下來就一切順遂了啦。」

一手拿啤酒杯，一手抓著幾串燒烤，阿比塔環住閃靈賽巴的肩膀。

雖然是穿便服，但葵娜看見串燒上的醬汁就快滴下來，便皺起眉頭。

「就是說啊，他教起來好有成就感啊，成就感……」

當時的副團長，也就是現在「火炎長槍傭兵團」的副團長懷念地瞇細眼睛，仰頭飲酒。

被這兩人夾在中間的閃靈賽巴單手拿著啤酒杯，一臉無法苟同的表情半瞇眼看著葵娜。

「喂，葵娜，為什麼這兩個人這麼自然地坐在我們這裡啊……」

「咦？你問為什麼，不就是因為他們剛剛和我們打招呼嗎？」

葵娜和今天休假的閃靈賽巴中午過後偶然在王都碰見。

閃靈賽巴說他很閒，就陪著葵娜一起去買東西。

接著葵娜邀他一起去喝酒當作道謝。

要是看到他們感情那麼好的模樣，現在騎士團內「葵娜是閃靈賽巴團長的未婚妻」這個謠言，不只尾鰭，大概連腳和角都生出來到處流竄了吧。

葵娜帶著閃靈賽巴前往朋友告訴她的大眾酒館，在擁擠的店裡好不容易找到座位後，阿比塔和副團長就出現在閃靈賽巴左右了。

接著，把面無表情的閃靈賽巴丟在一旁，阿比塔開始說起他和閃靈賽巴認識的過往。

副團長邊訂正被誇大的各個場面，對葵娜說了閃靈賽巴加入騎士團的經緯。

而從他人口中聽見這件事的當事者回想起當時的心情，茫然地聽著這經常出現胡鬧感的話題。

接著在終於告一段落後，他開口問葵娜這兩人在這邊的理由。

「喂喂，閃靈賽巴，你是在不耐煩什麼啊？你以為是誰告訴小姑娘這家店的啊。」

閃靈賽巴大叫：「果然如此啊啊啊啊啊！」趴倒在桌上。

因為他不認為原本未成年的葵娜會如此熟悉這類酒館。

而且從她的交友關係來看，王都裡會和她一起喝酒的人大概就是孔拉爾了吧。

基本上她的孩子們也是候補人選，但聽說以斯卡魯格為首，他們都是去專門服務貴族的高級餐廳，所以也屏除在外。

「葵娜不會和孩子們一起去酒館嗎？」一問之下，葵娜回答：「我和卡達茲常會在路邊攤吃肉串之類的，和斯卡魯格頂多在教堂辦公室喝茶，和梅梅根本沒做過這種事。」

說起來，她的生活基礎都在邊境村莊，本來就很少會來王都。

閃靈賽巴的前上司裝醉想對葵娜性騷擾，副團長在旁巧妙地阻止，葵娜也冷淡地躲避。

看見這幅光景，這三年的艱苦修行如走馬燈閃過，讓他用力嘆一口氣。

副團長突然感到一道視線，用未曾見過的認真表情看著他。

「你後悔嗎？當時那樣隨波逐流。」

劍術、禮儀、一般常識，以及就任騎士團長時的事情。

客觀來看沒有花上太多工夫，但三年的歲月還牢牢刻印在他身上。

那是很充實的時光，也有很多後悔的事情。

所以他才能不是「他」，而是以「閃靈賽巴」確立了自己這個人。

「不，完全沒有。」

明確回答後，閃靈賽巴與副團長舉杯相碰。

登場人物介紹

WORLD OF LEADALE

Character Data

3

Character Data

Xs

灰色龍人族。

名字顯示為「Xxxxxxxxxxxx」，所以簡稱Xs。主要角色是奶油乳酪公會所屬的塔爾塔羅斯。他偶爾會拿專門近距離攻擊的備用角色Xs來消除壓力。在遊戲世界變成現實世界時，他沒發現遊戲時代的錢可以實體化使用，所以在酒館裡打雜。也是因為這樣遇見了庫歐路凱。

Character Data

庫歐路凱

人族的輕裝女戰士。

因為他謊報性別使用女生角色，現在肉體和精神面有相當致命性的誤差。遊戲系統需要讀取身體資料後才能創角，他有利用違法程式規避的嫌疑，但現在說這個為時已晚。因為吃霸王餐而被強制留在酒館裡工作時遇見Xs，兩人意氣相投，一起成為冒險者。現在的精神面仍舊是男性。

後記

午安、晚安、早安。

我是作者Ｃｅｅｚ，今天非常感謝大家購買《里亞德錄大地》第三集。回想起來，第二集和第三集之間發生了許多事情，真的讓我嚇一大跳。出道前十年間的日常生活中，也沒有這麼多讓人眼花撩亂的活動啊（太悲傷了）。漫畫開始連載，也在「新作輕小說總選舉２０１９」榜上有名，作品在現場直播節目被介紹，被拿來當成「Melonbooks」的活動獎品（てんまそ老師的插畫）。這幾個月不知道在外面見過葵娜幾次了！抖抖，雖然我是作者，但我害怕得不敢直視……

這次在編輯七年前文章的過程中，「這時是這種感覺～～」「那時候是那樣～～」回憶一個接一個復甦，我隨心所欲地敲鍵盤增添了一大堆內容，所以應該和網路連載的文章有很大的不同。只不過，上一集提到的那個人還沒出現是我心中的遺憾，糟了，失敗了。我搞錯時機了（嚴重打擊）。

這次加筆修改的截稿日期和我工作上的證照考試時間重疊，快累死我了。我沒辦法像圍棋漫畫那樣一次下兩盤棋啦。我個性沒有那麼能幹啦！雖然太慢也是自己不好啦。

最後寫給編輯大人，這次也拖拖拉拉不停拖稿，真的很對不起。也謝謝插畫師てんまそ老師配合我往後延的日程。謝謝負責漫畫的月見だしお老師，每次都繪製了非常有魅力的角色。以及參與出版製作的所有相關人士，每次真的都非常感謝你們！

Ｃｅｅｚ

第三集以來不見，我是負責插畫的てんまそ。

這次是藍色封面呢。

我原本還想會跟第一集重複，

但就是大海啊，與其勉強做出差異，

我用「重複也沒關係」的精神畫成藍色的了。

今後黃色、艷紅、綠色之類

並排在一起色彩鮮艷的樣子

或許也很有趣呢。

那麼我們下次再會。

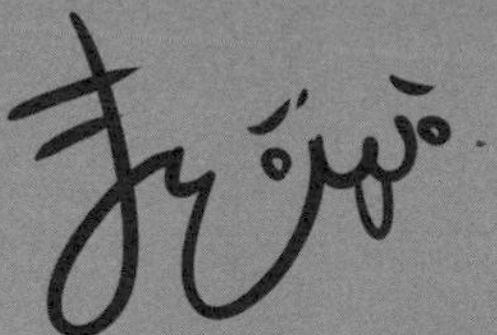

幽冥宮殿的死者之王 1 待續

Kadokawa Fantastic Novels

作者：槻影　插畫：メロントマリ

不死者vs死靈魔術師vs終焉騎士團，
三方勢力展開前所未見的戰鬥！

少年恩德受病痛折磨而喪命，再次甦醒時發現自己因為邪惡死靈魔術師的力量，變成了最低階不死者。他為了贏得真正的自由，決心與死靈魔術師一戰，然而追殺黑暗眷屬直到天涯海角，為誅滅他們不惜賭上性命的終焉騎士團卻又成了他的障礙……！

NT$240/HK$80

邊境的老騎士 1~4 待續

Kadokawa Fantastic Novels

作者：支援BIS　插畫：菊石森生　角色原案：笹井一個

美食史詩的奇幻冒險譚第四幕！
老騎士巴爾特抱著赴死的決心迎戰不死怪物——

巴爾特接下指揮由帕魯薩姆、葛立奧拉及蓋涅利亞三國組成的聯合部隊，前往剿滅魔獸群的命令。這或許是個適合他的使命，不過他必須率領的是一群底細未知的聯軍，他們會願意服從巴爾特的指揮嗎？又是否能與強大的魔獸群對抗呢？

各 **NT$240~280/HK$75~93**